D1574775

Himmelstürmer Verlag

Himmelstürmer Verlag, part of Production House GmbH
20099 Hamburg, Kirchenweg 12
www.himmelstuermer.de
E-mail:info@himmelstuermer.de
Originalausgabe, September 2012
Nachdruck, auch auszugsweise, nur mit Genehmigung des Verlages
Rechtschreibung nach Duden, 24. Auflage
Coverfoto: www.CSArtPhoto.de
Das Modell auf dem Coverfoto steht in keinen Zusammenhang mit dem
Inhalt des Buches und der Inhalt des Buches sagt nichts über die sexuelle Orientierung
des Modells aus.
Umschlaggestaltung: Olaf Welling, Grafik-Designer AGD, Hamburg.
www.olafwelling.de
Printed in Denmark

ISNB Print   978-3-86361-172-9
ISBN ePub   978-3-86361-173-6
ISBN PDF   978-3-86361-174-3

Martin M. Falken

Zusammenstöße

Himmelstürmer Verlag

1. Aufstehen

Ich wachte, wie jeden Morgen in der Woche, um sieben Uhr auf und hätte am liebsten noch eine Weile schlafen können. Noch einmal umdrehen und weiterschlafen. Doch durch die hellgrünen Vorhänge kitzelten schon die ersten Sonnenstrahlen mein Gesicht. Sonnenschein!, schoss es mir durch den Kopf und plötzlich war ich motiviert, aufzustehen, wenn auch etwas behäbig. Ich verließ mein Zimmer. Den unordentlichen Papierstapel auf meinem Schreibtisch versuchte ich dabei erst gar nicht zu beachten. Warum war ich eigentlich morgens immer so schlecht drauf? Das schien wohl der teure Preis für abendliche oder nächtliche Vergnügungen auf endlosen LAN-Partys zu sein. Hinzu kam dabei meist noch der nicht sparsame Genuss von alkoholischen Getränken. Überhaupt hätte ich öfter mal um 20 Uhr Zuhause sein und Hausaufgaben machen sollen… Die hatte ich eigentlich nie regelmäßig gemacht. Mir war das wirklich unwichtig, was die Lehrer von mir hielten. Noten waren mir sowieso egal, denn Glückspilze wie ich schafften es, ohne großen Aufwand ein ansehnliches Zeugnis zustande zu bringen.

Ich versuchte die Gedanken zu vertreiben und schlenderte ins Bad, vor dem Spiegel betrachtete ich mein müdes Gesicht, meine Augenringe, meine verwirrten blonden Haare, die in alle Richtungen standen. Ich muss mal zum Friseur, dachte ich, als ich sie mit meinen Fingern zu richten versuchte. Meine Haare waren zu dieser Zeit mittellang, aber warum machte ich mir Gedanken über meine Frisur? Ich verwarf den Gedanken. Ich zog mein T-Shirt und meine Shorts aus und stieg in die Dusche. Das kalte Wasser, das ich mir über meinen Körper laufen ließ, tat mir an diesem Morgen gut. Dem Wetterbericht zufolge sollte es an diesem Tag sehr heiß und schwül werden.

„Maaarc?", rief meine Mutter aus der Küche. „Ich gehe jetzt zur Arbeit!"

„Ja, alles klar!", antwortete ich beim Abtrocknen.

Ich hörte, wie sie die Tür zuknallte. Sie arbeitete als Sekretärin im Amt. Mich interessierte gar nicht, was sie da machte. Vermutlich lästerte sie den ganzen Tag mit ihrer Kollegin Ulrike, die zugleich ihre Freundin ist und mit ihr ein Büro teilte, über die Klatschspalten.

Ich verließ das Bad mit einem Handtuch bekleidet und ging in mein Zimmer, wo ich mich anzog. Weißes T-Shirt und eine kurze blaue Hose reichten mir an diesem Tag. Die andere Wäsche lag irgendwo in meinem Zimmer verteilt herum. Zum Waschen hatte ich nie wirkliche Lust. Aber welcher 16-Jährige wusch schon selbst? Ich ganz bestimmt nicht und wenn, dann nur im äußersten Notfall. Blöd war, dass dieser Notfall sich mit der Zeit zu einer Regelmäßigkeit entwickelte.

Am Frühstückstisch angekommen, grüßte mich mein Vater, wie seit einiger Zeit jeden Tag in seinem Trainingsanzug steckend, mit einem kurzen „Morgen!", ohne den Blick von seiner Tageszeitung zu heben. Er las wieder die Stellenanzeigen, weil er endlich wieder eine Arbeit suchte. Er war seit mehr als sechs Monaten arbeitslos, weil er als Maurer den körperlichen Belastungen nicht standhalten konnte. Komisch ist, dass er Geld für Zigaretten von meiner Mutter bekam. Aber er rauchte vor der Haustür oder auf der Terrasse. Er erfüllte viele Klischees eines Arbeitslosen, dachte ich, als ich ihn da so sitzen sah: fettige braune Haare, unrasiert; ein Pott schwarzer Kaffee und die Zeitung vor sich; auf der Fensterbank, also in unmittelbarer Reichweite, seine Zigaretten und das Feuerzeug - und natürlich sein Trainingsanzug, der seiner Situation die Krone aufsetzte. Meine Mutter hatte ihm Textmarker gekauft, mit denen er sich die Stellenanzeigen anstreichen sollte. Sie meinte, dass er sie sinnvoll einsetzen müsse, denn schließlich hätten sie Geld gekostet.

Meine kleine Schwester, die in die 5. Klasse der Realschule ging, spielte wieder mal mit dem Löffel mit ihren Cornflakes. Ständig hingen die Haarspitzen ihrer dunkelblonden Haare in der Milch. Sie baute mit den Cornflakes dauernd kleine Berge und schüttete Zucker darauf: „Es hat geschneit! Mein Zuckerhut!", sagte sie dauernd. Doch niemand interessierte sich für ihr Geplapper. Prinzipiell ließ sie ihre Cornflakes stehen und frühstückte wie jeden Morgen – und zwar nur das Weiche des Brötchens. Ich verstand nicht, warum diese Göre immer Cornflakes bekam. Tante Gabi, die Schwester meiner Mutter, hatte sich auch schon mal über die teils sparsame, teils verschwenderische Laune meiner Eltern ausgelassen, wenn sie ihren monatlichen Kaffeebesuch abstattete.

„In vier Wochen gibt's Sommerferien!", schrie meine Schwester Tamara.

„Jaaa!", sagte ich genervt und schenkte mir eine Tasse Kaffee ein.

„Willste nichts essen?", fragte mein Vater, ohne aufzublicken.

„Neee!", antwortete ich genervt. „Wie immer!"

Ich holte mir meistens in der ersten Pause am Kiosk ein Brötchen. Das reichte auch für einen Vormittag, insbesondere dann, wenn es so heiß wie an diesem Tag war. Mein Handy zeigte bereits halb Acht an, ich trank schnell meine Tasse schwarzen Kaffee aus und ging in die Diele. Welche Schuhe sollte ich anziehen? Weshalb überlegte ich so lange, welche Schuhe ich anziehen sollte? Also schlüpfte ich in die Chucks und verließ das Haus mit einem kurzen „Ciao!", nachdem ich schnell meine chaotisch vollgestopfte graue Schultasche über die Schulter gehängt hatte.

Kaum war ich aus der Tür, kam mir ein erster warmer Windhauch entgegen und nach wenigen Schritten floss mir der Schweiß von der Stirn. Und das bereits um diese Uhrzeit.

2. In der letzten Reihe

Ich ging über den Schulflur in meine 11. Klasse. Ich saß ganz hinten im Raum mit drei meiner engsten Freunde an einem Gruppentisch. Unsere Klasse war immer auf Gruppenarbeit ausgerichtet. Tom, Alex und Marvin fragten mich sofort, wie ich das gestrige Fußballspiel fand.

Tom spielte selber Fußball. Er war im Tor und merkwürdigerweise hielt er trotz seines schlanken Aussehens nahezu jeden Ball. Das mag daran liegen, dass er athletisch war und sofort zum Ball springen konnte, sobald er ansatzweise in seine Nähe kam. Seine etwas wuscheligen braunen Haare hingen ihm zwar schon fast in seine braunen Augen, doch er schien immer alles zu sehen. In Mathe war er übrigens ein Ass, weshalb er Laura, Marleen und Caroline Nachhilfe gab. Ich wusste zwar nicht, ob er Geld oder etwas anderes dafür bekam, aber er hatte sichtlich Freude daran, die Klassenkameradinnen zu Hause zu besuchen und ihnen stundenlang die Tücken der Mathematik zu erklären. In der Tat hatten sich Laura und Marleen in Mathe um zwei Noten verbessert. Caroline erbrachte seit Toms Besuchen aber schlechtere Leistungen und alle wussten, weshalb. In der Schule gaben die beiden aus verschiedenen Gründen nicht zu, dass sie zusammen waren. Meine mathematischen Leistungen erbrachte ich jedenfalls durch Abschreiben bei Tom. Nachhilfe wäre mir zu anstrengend gewesen.

Alex war im Grunde mein bester Freund. Seine Stärke lag in Deutsch. Er liebte es, draußen im Sommer zu lesen und deshalb hatte er auch so eine braune Farbe und war immer leger gekleidet. In der Klasse war er der Sonnyboy für die Mädchen. In Abständen hatte er eine Freundin. Doch keine Beziehung hielt. Alex sagte selbst, dass er mehrere ausprobieren müsse, um die Richtige zu finden. Meinetwegen sollte er das tun, aber irgendwann nervte es, wenn er nur davon sprach. Das hatte ich ihm auch mal gesagt. Er war durchaus einsichtig und meinte, dass er zuweilen selbst an seiner Oberflächlichkeit litt.

Ich betrachtete ihn dabei, wie er seine vollen blonden Haare zurückwarf. Sie hatten interessanterweise einen Schimmer Bräune, als hätten sie ebenfalls zu lange in der Sonne gelegen.

Marvin war ein schräger Typ. Üblicherweise redete er nur Blödsinn. Er hatte es auch nur mit viel, viel Anstrengung in die 11. Klasse geschafft. Mich wunderte zudem, dass er überhaupt in der gymnasialen Oberstufe saß. Die Mädchen hassten ihn, weil er ihnen immer auf den

Ausschnitt starrte. Zu allem Überfluss hatte er noch Pubertätspickel. Im Grunde bestand sein gesamtes Gesicht aus Pickeln, seine Hände komischerweise auch. Dazu kam, dass er total blass war – das genaue Gegenteil von Alex. Er passte im Grunde nicht zu uns. Als er in der 7. Klasse zu uns kam, hatte er am Gymnasium einen Schulverweis bekommen. Er gab es nicht zu, aber viele aus meiner Klasse behaupteten, er hätte sich an der Schulsekretärin vergriffen. Manche gingen sogar so weit zu behaupten, er habe sie vergewaltigen wollen. Hätte ich ihm jedenfalls zugetraut. Der kleine pickelige blasse Marvin war nicht nur hässlich, sondern wegen seiner Korpulenz auch recht stark. Offenbar habe der Schulleiter ihn erwischt, als er sich an sie rangemacht hatte. Da sieht man wie blöd er war – machte sich an eine junge Erwachsene ran, während der Schulleiter im Nebenzimmer hockte. Die Gunst von Alex und Tom hatte er erlangt, weil er seit zwei Jahren bei uns den Klassenclown mimte. Heute strahlte er wieder einen ausgesprochen penetranten Nikotingeruch aus. Mich erfüllte es immer wieder mit Ekel, ihn anzusehen. Besonders extrem war es, wenn er ungewaschen und mit Nutellaspuren um seinen Mund in die Schule kam.

Ich legte los mit meiner Spielanalyse: Die Deutschen hatten nur verloren, weil sie dauernd links gespielt hatten. Die Schweden hatten sie aber meiner Meinung nach absichtlich ins Abseits laufen lassen. Ja, Fußball war unser Thema, fast jeden Tag. Was da vorne der Lehrer erzählte, interessierte in der Regel nicht.

Es war ein Donnerstag, wie mir erst in der Schule einfiel. Ich holte mein arg zerfleddertes Heft raus und suchte in meiner Tasche nach irgendeinem Kuli. Das Mathebuch hatte ich (mal wieder) vergessen, was mir aber gleichgültig war. Ich mochte Mathe zwar, aber unser Klassenlehrer war eine echte Niete: Lichtjahre älter als wir, wenig Haar und einfach ätzend langweilig!

Wir hatten kaum angefangen, über das Fußballspiel zu sprechen, schon kam Herr Klein herein. Meine Gedanken widmete ich weiterhin dem Fußball. Für Zahlen hatte ich einen Tag nach einem Länderspiel keinen Kopf. Ich freute mich schon auf das letzte Klingeln um kurz nach 13 Uhr. Meinen anderen Mitschülern ging's da nicht anders. In der Klasse breitete sich mit Eintritt des Mathelehrers allgemeine Lethargie aus.

3. Immer nur zwei Themen

Es gab Nachmittage, an denen man für gar nichts zu motivieren war. Jetzt war es wieder soweit. Ich saß lässig auf meinem Bürostuhl in meinem abgedunkelten Zimmer. Was sollte ich machen? Musik hören? Hausaufgaben machen? PC spielen? Irgendwie schien mir nichts zu gefallen. Die Hitze hatte sich träge in mein Zimmer gelegt. Eigentlich war es an der Zeit, etwas Bewegung zu haben. Ich lehnte mich noch weiter in meinem Stuhl zurück und schloss kurz die Augen. Spontan fiel mir mein Fahrrad ein. Wieso kam ich erst nach einer Weile auf den Gedanken, Fahrrad zu fahren? Plötzlich sprang ich aus dem Stuhl und lief in den Keller, wo ich mein eingestaubtes Fahrrad aus den Fängen der Spinnenweben zu befreien versuchte. Es musste schon lange her sein, als ich es benutzt hatte. Hoffentlich ist es noch funktionsfähig, dachte ich. Jedenfalls schienen alle Lampen zu funktionieren.

Als ich auf der Straße mein Fahrrad in den längst fortgeschrittenen Sommer einweihte und mich auf eine schöne Tour begeben wollte, bemerkte ich, dass auch die Bremsen noch intakt waren. Ich plante meine Tour bis ins kleinste Detail: Erst einmal mindestens eine Stunde fahren, dann in der Stadt etwas trinken und vielleicht ein Eis essen. Lieber wäre es mir natürlich gewesen, wenn ich mit Alex oder Tom gefahren wäre, aber beide hatten sich mit zunehmendem Alter von unseren gemeinsamen Aktivitäten entfernt, um die Wünsche der Damenwelt auszukundschaften. Manchmal nervte es mich tatsächlich, dass die beiden scheinbar kein anderes Thema mehr kannten. Entweder wurde über Fußball oder eben Mädchen, vielmehr über Sex, geredet. Ob sie nur darüber sprachen oder wirklich schon Sex

hatten? Konnte ich mir kaum vorstellen, höchstens bei Alex. Aber …
nein, natürlich hatten beide Sex, das war Fakt. Ich erinnerte mich noch
an einem Tag in einem Drogerie-Laden vor etwa einem Jahr. Wir drei
waren dort, um uns für einen bevorstehenden Tag im Freibad Sonnen-
creme zu kaufen. Wir diskutierten lange vor dem Regal, welche Creme
den besten UV-Schutz hätte. Alex wollte die teuerste Creme kaufen,
Tom die billigste. Ich hingegen war kompromissbereit, das hieß, ich
entschied mich für einen mittleren Preis. Schließlich setzte sich Alex
durch. Auf dem Weg zur Kasse nahmen beide völlig unauffällig,
geradezu routinemäßig, jeweils ein Päckchen Kondome aus dem Regal
und legten es ohne mit der Wimper zu zucken vor die alte Kassiererin.
Auch sie machte keine Anstalten, rechnete ab, als ob nichts wäre. Ich
kam mir recht blöd vor, da ich der Einzige war, der sich keine Kondome gekauft hatte. Ich hatte tatsächlich noch nie welche benötigt.
Gegenüber Alex und Tom wollte ich das natürlich nicht zugeben. Ich
wartete immer auf den Zeitpunkt, an dem sie fragten, wie es denn mit
einer Freundin aussah. Für den Fall, dass sie mich danach fragen
würden, hatte ich mir bereits eine unschlagbare Antwort zurechtgelegt:
„Es gibt Wichtigeres!" Irgendwann würde es dazu kommen, da war ich
mir sicher. Wir kannten uns schließlich seit dem ersten Schuljahr und es
war ja nur verständlich, dass sie wissen wollten, wie es mit meinem
Leben weitergehen könnte. Prinzipiell fühlte ich mich geschmeichelt,
wenn sich meine Freunde für mich als Person interessierten … Aber es
gab auch eine Privatsphäre.

Ich bemerkte kaum, wie die Zeit an mir vorbeiraste. Über eine
Stunde war ich bereits auf dem Fahrrad unterwegs. Warum schossen
mir solche Gedanken an Kondome, Freunde und Mädchen beim
Fahrradfahren durch den Kopf? Da ich genug nachgedacht hatte,
machte ich mich auf den Rückweg und versuchte, meinen Kopf erst
einmal zu schonen, denn schließlich machte es einen schon nachdenklich, wenn deine Freunde nur noch von Sex und Mädchen,
Mädchen und Sex sprachen und du keinerlei Interesse daran hast …

4. Asexuell?

Freitagabend, das Wochenende stand an, zwei freie Tage standen bevor. Mein Zimmer war leicht erhitzt, aber ohne T-Shirt und Jeans ließ es sich aushalten. Ich lag in meinem Bett auf dem Rücken und ließ das grelle Licht der Straßenlaterne durch die Spalten meiner Jalousie ins Zimmer fallen. Ich schaute mich um und sah die Umrisse meiner Möbel, meines Fernseher, meines Schreibtisches und meines Schranks. Irgendwie wirkten diese Gegenstände bei so einem Zwielicht recht bedrohlich. Die Hände hinter den Kopf verschränkt, starrte ich auf meine Zimmerdecke. Wenn ich abends nicht richtig müde war, dachte ich manchmal nach, über dies und das, über die Welt, über Fußball. Womöglich lag Alex zur gleichen Zeit mit einem Mädchen im Bett, der er über den nackten Rücken streichelte. Ich atmete genervt, da mich schon wieder dieser Gedanke um Alex und die Mädchenwelt eingeholt hatte. Kopfschüttelnd vertrieb ich für diesen Tag den Gedanken aus meinem Gehirn und dachte nach, wo ich das nächste Mal mit dem Fahrrad hinfahren könnte. Ach ja, das Eis! Ich wollte ja eigentlich noch ein Eis essen. Das musste definitiv nachgeholt werden. Gut, jetzt hatte ich ein Ziel für morgen ... Meine Augen fielen zu und allmählich holte mich der Schlaf ein.

Nass geschwitzt wachte ich mitten am frühen Morgen auf. Ich setzte mich erschrocken auf und bemerkte, wie mir der Schweiß von der Stirn rann. Ich war klatschnass, am ganzen Körper. Außerdem hatte ich eine sehr trockene Kehle. Was war das? Was hatte mich wach gemacht? Zitternd nahm ich mein Handy zur Hand, das am Nachttisch lag und aktivierte das Licht: 4 Uhr 25. Welch eine Zeit! Schwer atmend griff ich zur Wasserfalsche neben meinem Bett und befeuchtete meine Kehle. Ich versuchte mich zu erinnern, was mich gerade so fürchterlich aus dem Schlaf gerissen hatte. Ja, da schoss mir ein erschreckender Gedanke durch den Kopf: asexuell. Mir wurde klar, dass es Menschen gab, die asexuell waren. Nicht viele, aber es ist offenbar so. Sie interessieren sich nicht für Sexualität, können wohl auch keine leidenschaftliche Liebesbeziehung aufbauen. Gehörte ich auch dazu? Bei dem Gedanken blieb mir die Luft weg. Wieso fand ich kein einziges Mädchen an meiner Schule interessant, verdammt? Die Nacht war fürs erste gelaufen. Ich verließ mein Bett und schaltete meinen PC ein. Eigentlich wollte ich mich ablenken, irgendein Ballerspiel spielen. Stattdessen googelte ich wie in Trance „asexuelle Menschen"... Ich will aber nicht asexuell sein, sondern genauso wie jeder andere mit einem Mädchen meinen ersten Sex haben, dachte ich und war an der Grenze zur Verzweiflung. Ich las, dass es verschiedene Typen asexueller Menschen gab. Masturbation ist aber möglich. Auch bei mir? Ich gab „nackte Frauen" in Google ein und klickte auf „Bilder". Oh, da ist sehr viel nackte Haut. Ich fasste in meine Boxershorts und ließ meine Hand gewähren. Anstrengend! Vergeblich! Es kam nichts, alles blieb schlaff und lustlos. Ich lehnte mich zurück und schaltete den Bildschirm aus. Ich bin noch nicht reif, sagte ich mir und wusste zugleich, dass ich mich selbst belog. Mit 16 Jahren noch keine Reife zu haben, war ein ziemlich blödsinniger Gedanke. Aber was machte das schon, wenn es doch so war. Jedenfalls wusste ich, dass ich nachts im Schlaf schon Sperma produziert hatte. Aber ich hatte keine Ahnung, warum, es gab ja keinen Auslöser. Das ist bei Jungs scheinbar manchmal so, sagte ich mir. Mit wem konnte ich schon darüber reden? Mit Alex? Mit einem Vertrauenslehrer? Nein, niemals! Ich hätte nie so ein komisches Thema, meine außergewöhnlichen Gedanken und seltsamen Emotionen mit jemandem teilen können. Am ehesten vielleicht mit meinem Hausarzt, denn er müsste ja schweigen. Wenn ich in der nächsten Zeit bei einer nackten Frau nichts verspüre, so dachte ich insgeheim, dann werde ich wirklich einen Arzttermin ausmachen.

5. Fahrradunfall mit Folgen

Der frische Wind umwehte meine Nase, als ich mit dem Fahrrad fuhr. Ich trat kräftig in die Pedale und hatte meine nächtlichen Sorgen längst hinter mir gelassen. Die Sonne strahlte, alles wirkte so vertrauensvoll, so harmonisch. Die Nacht hatte meine Wahrnehmung getrübt. Als ich an der Eisdiele meine lang ersehnte Pause gemacht hatte, schaute ich mir die jungen Damen an, die sich mit einer edlen Sonnenbrille und Spaghetti-Trägern im Stuhl lässig sonnten. Darauf fuhr Alex auch ab.

Richtung Stadt fahrend, versuchte ich ein paar Blicke auf schöne Frauen zu werfen. Ich bemühte mich, Leidenschaft und Erregung aufkommen zu lassen, sobald ich eine einigermaßen hübsche Frau sah. Aber es passierte nichts, gar nichts. Mich ärgerte das, weil ich wusste, dass ich wieder am Rande der Verzweiflung stand … wie in der vergangenen Nacht. Zornig, geradezu aggressiv trat ich in die Pedalen und steuerte zielstrebig die Eisdiele auf dem heute nicht gerade belebten Markplatz an. Kein Wunder, dass in dieser Provinz nicht mal samstags dort was los war. Unerwartet schoss mir eine Träne ins rechte Auge. Als ich versuchte, sie mit der linken Hand wegzuwischen, verlor ich die Orientierung und schon krachte es: Etwas verwirrt und mit leichten Schmerzen an sämtlichen Körperstellen lag ich unter meinem Fahrrad begraben. Ich erschrak, als ich bemerkte, dass unter meinem Vorderreifen ein junger Mann lag, sich aber gerade wieder langsam aufrappelte. Sichtlich verlegen streckte er mir die Hand entgegen. Ich musste ihn angefahren haben, dachte ich, soweit ich überhaupt denken konnte. Als er mich ansah, fielen mir seine himmelblauen Augen auf. Er reichte mir die Hand und mir wurde leicht übel. Mit seiner Hilfe stand ich trotz des Schocks und der Schmerzen wackelig auf meinen Beinen.

„Ent-entschuldi-schuldigung!", stotterte ich. „Ich hab nicht gesehen, dass … dass …!"

„Keine Sorge! Ist alles okay mit dir?", klang seine kräftig männliche Stimme in mein Ohr, die aufgrund seines jungen Aussehens so gar nicht zu ihm passte. Mir wurde immer schwindeliger. Vermutlich habe ich eine Gehirnerschütterung, vermutete ich und fasste an meine

Schläfe. Der italienische Wirt der Eisdiele eilte schreiend heraus: „Oh Madonna!", kam gleich mehrere Male hintereinander über seine Lippen. „Blut!"

Der junge blonde Mann, der mich hochgezogen hatte, tippte sich auf seinen Hinterkopf und bemerkte erst jetzt seine blutende Wunde. Mir wurde umgehend schlecht. Ich schwankte zwischen Erbrechen oder kurzer Bewusstlosigkeit.

Ich blinzelte. Nur eine grelle, weiße Decke fiel in mein Blickfeld. Und ein unbequemer Schmerz durchzog meinen Kopf. Ich drehte den Kopf und bemerkte erst jetzt, dass ich im Krankenhaus lag. Der Geruch! Krankenhausgeruch! Was war passiert? Mein Gehirn lief auf Hochtouren und da sah ich plötzlich das Gesicht mit den himmelblauen Augen und den dunkelblonden zerzausten Haaren vor Augen.

Neben meinem Bett saß meine Mutter, die nur mit dem Kopf schüttelte. Kaum hatte sie bemerkt, dass ich meine Augen leicht öffnete, quasselte sie lautstark los.

„Kaum fährst du wieder Rad, schon passiert ein Unglück! Typisch, dass du keinen Helm auf dem Kopf hattest."

„Was ist passiert?", fragte ich abrupt.

„Du hattest vor der Eisdiele am Marktplatz einen Unfall und hast sogar noch einen jungen Mann verletzt!"

Ich zuckte zusammen. „Wen?"

„Irgendjemanden, der ein Eis holen wollte. Nun liegt er auch mit einer leichten Gehirnerschütterung im Nebenzimmer!"

Mein Herz begann zu rasen. Das musste an meinem denkbar schlechten Gewissen liegen. Ich hatte das Bedürfnis, mich sofort bei ihm zu entschuldigen und um Verzeihung zu bitten. Mitleid hatte ich bis dahin nie so bewusst gespürt. Klar sagte man oft im Leben ‚Es tut mir leid!', aber das hatte ich bislang nur als Floskel verstanden und für meine Begriffe in etwa die gleiche Bedeutung wie ‚Entschuldige bitte!'

„Du musst dich bei ihm entschuldigen!", sagte meine Mutter

plötzlich in einem ruhigeren Tonfall. „Ich hoffe, er wird dich nicht anzeigen!"

Der letzte Satz meiner Mutter hatte für mich keine Bedeutung, weil ich ihm irgendwie vertrauen konnte und wusste, dass er das nicht machte. Er hatte mich schließlich unmittelbar vor meinem Zusammenbruch mit einem Lächeln wieder auf die Beine gebracht, als wollte er sagen, dass der kleine Aufprall nicht schlimm sei. Macht doch nichts! War mir ein Vergnügen!

Schön wäre es gewesen, wenn er das wirklich gedacht hätte.

„So, ich überlasse dich deinem Schicksal! Morgen früh kann ich dich abholen!", beendete meine Mutter ihren Aufenthalt und griff nach ihrer hellgrünen Handtasche. Bevor sie das Krankenzimmer verließ, in dem ich völlig allein in der Mitte zweier leer stehender Betten lag, ermahnte sie mich erneut eindringlich, dass ich mich zu entschuldigen habe. Kaum war sie aus dem Zimmer, schon rappelte ich mich, wenn auch unter pochenden Kopfschmerzen, auf und verließ mein Krankenbett. Genau in diesem Augenblick kam eine füllige, aber ausgesprochen lieb wirkende Krankenschwester mit roten Pausbacken ins Zimmer. Sie trug ein Tablett mit meinem Abendessen: zwei Scheiben Brot, Butter, Schinken, Käse und eine Tomate. Zudem stieg mir der Duft von Kamillentee in die Nase. Eine Cola und ein Käsebrötchen hätten es auch getan, dachte ich. Aber man musste ja hier den ekelhaften Tee trinken. Letztmals lag ich vor drei Jahren nach einem Fußballspiel wegen eines gebrochenen Beines hier. Es war exakt das gleiche Abendessen.

„Bleiben Sie liegen! Sie haben nicht aufzustehen. Sie wollen doch morgen wieder nach Hause!", sagte sie in einem liebevollen Tonfall und schon horchte ich und legte mich ins Bett. Sie stellte das Tablett ab und stemmte ihre Hände in die Hüften. Sie versuchte spielerisch streng zu wirken:

„Weißt du, dass ich deinetwegen Überstunden machen muss?"

„Bin ich etwa der einzige Kranke hier?", fragte ich verwundert.

„Aber nein! Ich mache Überstunden, weil du meinen Kollegen

außer Gefecht gesetzt hast!"

Ich machte große Augen und schien nichts zu verstehen. Was meinte sie? War sie verwirrt? War sie vielleicht mit dem Kopf auf den Boden des Marktplatzes geknallt?

„Schau mich nicht so an, du Schäflein! Du hast David angefahren. Er arbeitet hier als Krankenpfleger."

Endlich verstand ich und grinste zurück.

„Na, also! Du bist ja nicht ganz dumm, mein Schäflein! Nun iss aber, du willst ja morgen wieder nach Hause!"

Sie verließ behäbig das Zimmer. Ich machte mir Gedanken um David. David hieß er also, ein sehr schöner Name, der zu diesem Gesicht passte. Meine Güte, ich hatte noch nie so ein Bedürfnis, mit jemanden wie David befreundet zu sein, obwohl ich ihn nicht mal kannte. Es war einfach die Sympathie. Ich freute mich unbändig, mich bei ihm zu entschuldigen. Und kaum fasste ich den Gedanken an diese Situation, die allenfalls wohl kaum mehr als zehn Minuten dauern würde, klopfte mein Herz wie wild vor Aufregung. Ja, David wäre ein echt toller Kumpel für mich. Ich widmete mich meinem Abendessen, hatte aber keinen Hunger. Mein Brot bestreichend, dachte ich darüber nach, was ich bereits alles über David wusste: er hatte tolle blaue Augen, dunkelblonde Haare, arbeitete als Krankenpfleger, … ich wusste nicht, welche Hobbys und Interessen er hatte. Wünschenswert wäre natürlich, wenn wir irgendwelche Schnittmengen hätten. Man konnte sich ja kennenlernen, dachte ich und ertappte mich, wie ich bei dem Gedanken lächelte. Doch dann kam mir in den Sinn, dass ich morgen früh wieder nach Hause konnte. Ein Stich in mein Herz machte meine Vorfreude zunichte. Ich starrte auf den Tee, nahm einen Schluck und plötzlich sah ich David im Zimmer stehen - unwillkürlich spuckte ich meinen Tee vor Schreck aus.

„Was machst du denn? Das Zeug schmeckt nicht, was?", lachte David.

Ich wollte antworten, musste jedoch husten. Mein Shirt war von Kamillentee durchnässt. Mir war das dermaßen peinlich, dass sich mein

Gesicht rötete. Auch meine Ohren wurden warm, als ich den lächelnden David vor mir stehen sah. Er reichte mir seine Hand, die ich ergriff. Ein ausgesprochen starker Händedruck, der von einem guten, standfesten Charakter zeugte.

„Macht nichts, dass du mich angefahren hast! So muss ich heute Nacht wenigstens nicht arbeiten", sagte David, immer noch mit einem Lächeln im Gesicht. Ich betrachtete seine überaus weißen Zähne.

„Da-da-danke!", stotterte ich und ärgerte mich innerlich maßlos über mich. Ich schaffte es noch nicht einmal, ein einziges Wort ohne Stammeln auszusprechen. Na super, was musste er für einen Eindruck von mir haben? Ein mit Tee bekleckerter Teenager, der einen Sprachfehler hatte und zu blöd zum Radfahren war. Er kam mir in meiner Gegenwart so erhaben vor. Wie ein Engel, mit einem weißen Shirt und einer kurzen weißen Hose stand er vor mir.

„Du siehst wie ein Engel aus!", platzte es bewundernd aus mir heraus. Ich hätte mich am liebsten selbst ohrfeigen, meine Zunge abbeißen können, um dann im Erdboden zu versinken. Ich spürte, dass mein Gesicht eine unnatürlich rote Färbung annahm. David lachte nur leicht auf und sah mich an. Ich schaute beschämt auf den Boden.

„Du bist noch nicht ganz fit", stellte er fest. „Ich komme nachher noch einmal vorbei!"

„Ich … ich … möchte dich zum Drink einladen. Als eine Art Entschuldigung!", sagte ich ohne Stammeln und war wahnsinnig stolz auf meinen gelungenen Satz. Das Zimmer verlassend, nickte er mir freundlich zu.

„Das können wir gerne machen!"

Ich schaute meinem Engel hinterher und hatte ein ganz komisches Gefühl im Bauch. Ich hatte keinen Appetit mehr und legte mich auf den Rücken. Ich starrte die Decke an. Nein, ohne David wollte ich nicht weiterleben … Was denke ich da? Abrupt richtete ich mich auf und zitterte … Konnte es wahr sein, dass ich verliebt war? Aber … aber doch nicht in … in … in einen … Mann … Ich musste ein paar Mal kräftig schlucken und versuchte, ein bestimmtes Wort, eine bestimmte Eigenschaft, die mich betreffen könnte, gar nicht erst zu denken. Doch es fuhr blitzartig durch meinen Kopf. Wieder durchzuckte es meinen ganzen Körper, als hätte mir jemand einen Stromschlag verpasst. Ich vergrub mein Gesicht im Kissen und konnte meine Tränen kaum noch zurückhalten.

6. Die Erkenntnis

Allein, orientierungslos und von allen allein gelassen, begab ich mich durch einen finsteren Wald, von dem ich aber wusste, dass er eine Lichtung hatte. Es wurde aber immer dunkler und überall könnten wilde Tiere lauern: Bären, Wölfe, Wildschweine … Da spürte ich einen starken Schmerz auf meinem Arm. Ein weiterer Schlag galt meinem Kopf. Ich drehte mich um und sah in das helle Gesicht von David. Er hatte ein Messer in seiner Hand und hielt es an meine Kehle.

„Warum machst du das?", fragte ich ihn völlig fassungslos.

David begann daraufhin schallend zu lachen, so dass er damit einen Vogelschwarm aufscheuchte, der aus den Baumkronen in den nächtlichen Nachthimmel flog.

Ich machte einen Schritt zurück und prallte auf einem harten Boden auf. Ich fühlte den kalten Boden und sah nun überhaupt nichts mehr außer Dunkelheit. Völlig verwirrt hörte ich die Stimme der pummeligen Krankenschwester.

„Du meine Güte, das Schäflein ist aus dem Bett gefallen!", schrie sie.

Ich sah, wie sie auf mich zukam. Mit aller Kraft, die ich ihr trotz ihrer Schwere nicht zugetraut hatte, hob sie mich spielerisch ins Bett zurück. Das Krankenhauslicht blendete meine Augen, die sich eben noch an die Dunkelheit des Waldes gewöhnt hatten.

Erschrocken sah die Schwester mich an.

„Du bist ja kreidebleich und das ganze Bett ist nass geschwitzt! Das müssen wir neu beziehen, so kannst du nicht weiterschlafen!"

Behutsam fasste sie an meine Stirn.

„Fieber hast du aber keines", stellte sie beruhigt fest. „Trink erst mal einen ordentlichen Schluck Wasser!"

Sie schenkte mir ein großes Glas kühles Wasser ein und reichte es mir.

„Armes Schäflein! Die Gehirnerschütterung hat doch ihre Wirkung gezeigt, was?"

Den Rest der Nacht verbrachte ich hellwach. Das Bettlaken klebte an meinem Rücken. Der Gedanke, dass ich in David verliebt war, spukte wie ein lästiger Moskito im Zelt immer wieder durch meinen Kopf. Im Grunde konnte es nicht wahr sein, ich träumte wahrscheinlich noch. Ich ballte meine Hände zu Fäusten und überlegte krampfhaft, was sich alles ändern würde, wenn es stimmte, dass ich Gefühle für einen … einen Jungen hegte. Über drei Dinge war ich mir nach einigem Nachgrübeln im Klaren:

Erstens: Ich werde keine Frau haben, keine eigenen Kinder bekommen können, obwohl ich immer als Kind von einer kleinen Familie geträumt hatte. Das muss schlichtweg an meiner Sozialisation gelegen haben.

Zweitens: Ich werde mit einem Geheimnis leben müssen, das ich mit niemandem teilen kann, wirklich mit niemandem. Komme was wolle, David darf es unter keinen Umständen in Erfahrung bringen, dass ich … Ein Geheimnis zu haben, ist irgendwie auch was Schönes.

Drittens: Ich werde versuchen, schnellstmöglich mit einem Mädchen in der Öffentlichkeit aufzutreten, die sich als meine Freundin ausgeben wird. Vielleicht sollte ich Miriam aus der Parallelklasse Hoffnung machen, denn ich weiß von Alex, dass sie einmal einen Blick auf mich geworfen hat.

Das waren also die drei Dinge, die meine Zukunft bestimmen würden: keine Familie, keine Frau an meiner Seite, dafür Lügen und Geheimnisse. Ich beschloss, mich am Montag direkt an Miriam ranzumachen, damit jeglicher Verdacht ausgeräumt wird, dass ich … schwul bin. Lange konnte ich das Wort nicht benutzen, nicht mal denken.

Selbst wenn ich es hörte, zuckte ich unwillkürlich zusammen.

Die Nacht wollte nicht vergehen, ich lag wach im Bett, hatte also noch Zeit, mein Gehirn zu zermartern. Weshalb konnte ich nicht einfach auf Mädchen stehen, wie viele andere meiner Freunde auch? Um mich abzulenken, stellte ich mir David vor, wie er in Engelsgestalt vor mir stand. Die Tatsache, dass er mich erregte, ließ erneut Tränen über meine Wangen laufen, aus Freude darüber, dass ich solche Gefühle aufbringen konnte ... Oder verbarg sich in meinen Emotionen auch Trauer?

7. Das Schäflein und der böse Wolf

Bis das Pummelchen mir das Frühstück gebrachte hatte, geisterten meine Gedanken immer wieder durch meinen Kopf. Ich war noch müde, im Grunde viel zu müde, um mich überhaupt bewegen zu können. Aber an Schlaf war erst recht nicht zu denken. Vielleicht würde ich ja eines Morgens aufwachen und auf ein Mädchen stehen - eine Hoffnung, die ich an diesem Morgen in der Tat hegte.

„So, Schäflein! Iss jetzt ordentlich! Du musst dringend zu Kräften kommen!", sagte die liebe Krankenschwester, als sie mir das Tablett mit den Brötchen und der Marmelade auf den Nachttisch gestellt hatte. Ich sah sie nur an, regte mich nicht.

„Brauchst du einen Arzt?", fragte sie mir besorgter Miene. „Du siehst aus wie ein ... "

„Zombie!", ergänzte ich ihren Kommentar zu meiner äußerlichen Befindlichkeit.

„Ja, jetzt wo du es sagst ...", meinte sie ernst und lachte auf. „Dagegen hilft nur ein ruhiger Schlaf und zwar ohne böse Träume. Was hast du denn Furchtbares geträumt? Ich meine, einen jungen Mann wie du haut doch so schnell nichts um."

„Ach, wenn Sie wüssten!"

Mir war nicht nach Konversation zumute, doch die Krankenschwester hatte offenbar zu viel Zeit, um ihrer Neugier freien Lauf zu lassen.

„Ist es die Schule? Sind es die Lehrer? Oder gar die erste Liebe?", fragte sie mit sanfter Stimme. Jetzt konnte ich sie erst recht nicht mehr hinausschicken, sie schien sich nämlich sichtlich um mich zu sorgen, was mich sehr rührte. Dabei sehnte ich mich im Grunde nach einer anderen Person, obwohl ich sie vergessen wollte ...

„Die Liebe!", antwortete ich. „Aber das verkrafte ich schon."

„Es ist immer schön, wenn zwei Menschen zueinander finden und immer grässlich, wenn es auseinandergeht", philosophierte sie.

Ich schnitt mein Brötchen auf und goss mir Tee ein. Mir war eine Auseinandersetzung mit diesem Thema zuwider. Ihr schenkte ich keine Beachtung mehr.

„Guten Appetit, Schäflein! Und träume ja nicht wieder von dem bösen Wolf."

Mit diesen Worten verließ sie das Krankenzimmer und ließ mich mit meinen quälenden Gedanken allein. Diese Ruhe war geradezu unerträglich. Das Brötchen ließ ich aufgeschnitten vor mir liegen. Ich stand auf und bemerkte, wie meine Müdigkeit meinen Körper beeinflusste: Meine Beine fühlten sich wackelig an, als krachten sie mit jedem Moment zusammen; mein Bauch kribbelte noch immer und leichter Schwindel umfasste meine Wahrnehmung. Ich öffnete das Fenster und atmete die frische Luft ein. Die Morgensonne schien direkt in mein Zimmer. Das tat gut, hatte ich mich doch schon so lange nach tröstender Helligkeit gesehnt. Und sie tröstete tatsächlich, machte mich sogar mutig. Ich flüsterte vor mich hin:

„Ich bin ... ich bin ... ich bin ..." Ich schloss fest meine Augen, als wollte ich sie vor der Wahrheit verschließen. „Ich bin schwul!"

Die Wörter, die ich selbst geäußert hatte, waren wahr und ließen meinen Körper zucken. Ja, es war eine wahre Aussage. Ich atmete fest aus und wiederholte die Wörter erneut, diesmal etwas lauter. Und noch einmal. Und noch einmal. Je öfter ich dieses Wort sagte, umso besser ging es mir, umso selbstverständlicher kam mir das alles vor. Das Wort *schwul* kannte ich bislang als Schimpfwort aus meiner Klasse. Warum machen Jugendliche das? Ich fragte mich, warum das Wort so negativen Gebrauch findet, obwohl es nichts anderes aussagt, als innige Zuneigung eines Mannes zu einem anderen Mann. Ich durfte mich aber nicht davon ausnehmen, denn ich hatte es auch einmal als Beleidigung gebraucht, als der füllige Max beim Sportunterricht während eines Fußballspiels aus lauter Angst vor dem Ball aus dem Tor sprang. „Was bist du, eine Schwuchtel! Hast Angst vorm Ball! Das darf wohl nicht wahr sein!" Wie konnte ich bloß solche Sachen sagen? Im Nachhinein verletzten sie mich selbst. Nicht auszudenken, wie sehr ich Max verletzt hätte, wenn er tatsächlich schwul wäre.

Mir graute es vor der Zukunft. Wie lange konnte man eigentlich ein Geheimnis für sich behalten? Das mag von Mensch zu Mensch unterschiedlich sein und vom jeweiligen Geheimnis abhängen, das er hat. Eben schon, als das Pummelchen versucht hatte, mich auszufragen, war ich kurz davor, die Wahrheit zu sagen. Um Himmels Willen, bloß das nicht. Ich musste mich zusammenreißen, bis ich gelernt hatte, mit meinem Geheimnis zu leben und einen Teil meiner Person zu verleugnen. Unerwartet sah ich vor meinem geistigen Auge das Gesicht eines hungrigen Wolfes vor mir. Kündigte er den nächsten Traum an? Ich schloss das Fenster und drehte mich zur Tür. Ein Teil von mir wollte, dass David gleich strahlend durch die Tür kam und sich mit mir anfreundete. Der andere Teil sagte, dass ich David besser nie mehr wiedersehen darf.

8. Was ist normal?

Noch immer etwas wackelig auf den Beinen warf ich, nachdem ich zu Hause angekommen war, mein Gepäck auf mein Bett. Ich wusste noch genau, wie ich hier in der Nacht vor dem Unfall wach gelegen und über mein Sexualleben gegrübelt habe. Merkwürdigerweise kam mir dabei nie in den Sinn, dass ich … schwul sein könnte. Vielmehr Angst hatte ich vor einer drohenden Asexualität. Doch was wäre besser? Natürlich Ersteres, denn mir war klar, dass ich fähig war, Leidenschaften und Gefühle für andere Menschen zu entwickeln und darauf kam es mir an.

Nun hockte ich auf meinem Bett, unzufrieden mit der Situation. Ich hatte weder David ein zweites Mal sehen können, noch konnte ich nicht behaupten, dass es mir gut tat, ein Geheimnis zu haben. Als Kind hatte ich das immer schön gefunden, etwas zu wissen, was andere nicht wissen. Aber heute, im Alter von 16 Jahren, möchte man das auf einmal nicht mehr.

Ein Klopfen an meiner Zimmertür bewahrte mich davor, erneut in den Strudel meiner Grübeleien über meine neue Erkenntnis zu geraten.

„Herein!", rief ich und versuchte, nicht genervt zu klingen.

„Marc, was war denn passiert?", fragte mein Vater.

Ich fand es seltsam, dass er mich das in einer ungewöhnlich sanften Stimme gefragt hatte. Ich fand es komisch, dass er mich das überhaupt fragte.

„Ich bin mit einem Krankenpfleger zusammengestoßen."

Er kam näher und fasste mir an die Stirn.

„Du bist heiß. Und du siehst schlecht aus. Hat deine Mutter nichts gesagt? Ich meine, wollte sie dich nicht im Krankenhaus lassen?"

„Nein, das ist schon okay. Ich muss mich schonen und will alleine sein."

„Kaum fährst du Fahrrad, schon fährst du arme Krankenpfleger um. Wenn es wenigstens eine ‚Sie' gewesen wäre, dann hättest du eine schöne Bekanntschaft machen können und …"

„Raus!", brüllte ich ihn und erschrak mich selbst über meinen Tonfall.

Seine Miene verfinsterte sich und er verließ wortlos mein Zimmer. Vermutlich ging er jetzt vor der Haustür rauchen, um sich abzureagieren.

Verärgert legte ich mich aufs Bett in meine Nachdenkposition.

Warum setzen alle Leute in meiner Umgebung voraus, dass ich mich mit einem Mädchen zusammentun werde? Ich wusste, dass es angeblich die sogenannte Normalität ist, soweit man überhaupt von einem normalen Menschen auf der Welt sprechen kann. Der ist normal!, war für mich eine Beleidigung. Wer will schon normal sein? Diese Fragen nach einer Freundin machten mich unheimlich aggressiv. Würde Alex mich nach einer Freundin fragen, könnte ich nicht garantieren, ihm keine Ohrfeige zu verpassen. Selbstverständlich würde ich dann ungerecht handeln, aber solche Fragen machten mich zornig wie ich gerade bemerkt hatte. Was kann denn mein Vater dafür, dass ich schwul bin? Was kann ich denn dafür, dass er in dieser Schiene dachte und Scheuklappen auf dem Kopf hatte? Nun gut, es war seine Erziehung wie es auch meine Erziehung war, dass ich bis gestern noch gedacht hatte, dass zwei sich liebende Männer unnormal sind. Von daher durfte ich mir nicht anmaßen, über andere verbohrte Einstellungen zu urteilen. Mir wurde leicht schwindelig, weil ich lange nichts mehr gegessen hatte. Unter meinem Bett kramte ich eine angebrochene Tüte Chips hervor und begann sie in mich hineinzufressen. Ich hatte nun Zeit, mir einen Plan auszudenken, wie ich allen zeigen könnte, dass ich mit Miriam zusammen war. Sie wird mir garantiert aus der Hand fressen, dachte ich.

9. Die Ohrfeige

Miriam, schwarze Igelfrisur, blaue Augen und enorm viel Make-up. Sie trug an diesem Tag ein gelbes Sommerkleid, was gar nicht zu ihr passte. Jedenfalls fiel mir diese schwarzgelbe Kombination sofort ins Auge, als ich im Eingang zur Parallelklasse stand. Ich begab mich hinein, hatte schon wieder weiche Knie. Ein paar schauten mich an, nicht wegen der Tatsache, dass ich … nein, deshalb nicht, sondern weil ich mich äußerst selten hier blicken ließ. Ich steuerte auf Miriam zu und mir wurde die Situation zuwider. Dennoch hielt ich gegen mich und sprach sie an, während sie gerade ihre Hausaufgaben für Geschichte von ihrer mit starker Doktrin bebrillten Nachbarin abschrieb.

„Du, im Kino läuft ja ein Liebesfilm."

Miriam erschrak und sah mich an.

„Was?!", fragte sie irritiert.

„Ja, ich habe Karten dafür gewonnen und keiner von den Jungs will mit mir dahin. Ich würde aber gerne. Magst du mich begleiten?"

Sie wurde knallrot und schaute mich verlegen an. Ein kurzes Nicken mit innigem Blick in meine Augen verriet mir, dass sie über mein Angebot überaus glücklich war.

„Gut, dann sehen wir uns Freitag. Ich hole dich ab!"

Als ich aus der Klasse herausging, hörte ich einen kleinen Freudenschrei.

In der ersten großen Pause kamen drei geschminkte Mädchen auf mich zu.

„Herzlichen Glückwunsch!", sagten alle drei fast zeitgleich. Es waren Lisa, Saskia und Mareike, die engsten Freundinnen Miriams, die mich dazu beglückwünschten, dass ich mit ihr zusammenkomme. Mich ekelte das schon jetzt an.

Und als ich mir überlegte, welch glückseligen Gesichtsausdruck sie gerade gehabt hatte, dann tat sie mir leid, dass ich sie enttäuschen musste, spätestens dann, wenn sie mit mir ins Bett wollte. Vorher müsste ich ihr reinen Wein einschenken und sie überzeugen, dass sie mitspielt und vor allem mein Geheimnis für sich behält. Es war riskant, das wusste ich. Aber es musste sein.

Zocken, zocken, zocken … Als ob mich das hätte ablenken können. In gewisser Weise entspannte ich mich und die Gedanken um meine Homosexualität und um David kreisten nicht mehr ständig durch meinen Kopf. Es klopfte an meiner Tür.

„Jaaa!", sagte ich genervt. Meine Eltern müssten mich inzwischen nur noch als gestressten Zeitgenossen wahrnehmen.

„Ich bin's!", hörte ich Toms vertrauenerweckende Stimme. Er warf sein Haar zur Seite, um mich besser sehen zu können.

„Setz dich!", sagte ich freundlich. „Magst du mitspielen?"

„Gerne!"

Tom zog einen Stuhl neben meinen und nahm die Konsole in die Hand.

„Deine Mutter meint, du hättest pausenlos schlechte Laune seit neuestem."

„Ach, die!", winkte ich ab und konzentrierte mich aufs Spiel.

Wir schwiegen eine Weile.

„Du bist mit Miriam zusammen?", fragte er in die Stille hinein.

„Ja!", sagte ich kurz angebunden.

„Find ich super!"

Ich schwieg eine Weile, bis es unwillkürlich aus mir herausplatzt.

„Mich kotzt es an!"

Er sah mich durch seine Wuschelhaare irritiert an.

„Hä? Wie? Ich verstehe nicht ganz … Ihr seid zusammen und dich kotzt es an. Oder nerven dich meine Fragen?"

„Alles!"

„Was denn jetzt, Marc?"

Ich drückte den Pausenknopf und schaute auf den Boden.

„Ich mag keine Mädchen."

Tom lachte. „Aber du bist doch mit einem zusammen!"

Ich ließ ihn auslachen und nach einer Weile war es völlig ruhig in meinem Zimmer - zu ruhig. Ich war zwar stolz, dass ich es rausgebracht hatte, ohne das Wort ‚schwul‘ zu nennen, aber im Nachhinein bereute ich es.

„Heißt das …?", fragte Tom.

„Ja, das heißt es!", sagte ich fest und blickte endlich wieder in sein Gesicht. Sein Blick schien nachdenklich, aber ich konnte in keiner Weise erkennen, ob er überrascht oder erstaunt war. Mein Gefühl sagte mir, dass es ihn nicht verwunderte. Plötzlich schmiss er die Konsole auf den Boden und stand auf.

„Mir wird gleich schlecht! Ich muss hier weg, einfach weg. Ich kann nicht länger im Zimmer einer Schwuchtel sein. Ich kann nicht mit einer Schwuchtel zocken!"

Ich versuchte, die Worte aufzunehmen, doch es gelang mir nicht, sie zu verarbeiten. Ruckartig stellte ich mich vor ihn und gab ihm eine schallende Ohrfeige. Das Klatschen war erschreckend laut. Völlig perplex sah ich auf meine schmerzende Handfläche und auf den schwer atmenden Tom vor mir. Ihm liefen Tränen über sein Gesicht. Ich rechnete mit einer Revanche, weil er wütend sein musste. Gleich wird er ebenfalls ausholen, nahm ich an. Doch er fasste noch immer auf seine linke Wange, als klebte seine Hand dort fest, als vermutete er, ich würde ihm gleich noch eine knallen. Er begann zu schluchzen und setzte sich wieder auf den Stuhl. Hilflos wie ich war, wusste ich nichts mit ihm anzufangen. Musste ich mich jetzt bei ihm entschuldigen, ihn gar trösten? Ich wollte meine Hand auf seine Schulter legen, aber zog sie schnell wieder zurück.

„Tom?"

Ich hörte ihn leise weinen und war erschrocken.

„Es tut mir so leid!", brachte er mit einem weinenden Unterton hervor. Nun legte ich doch meine Hand auf seine Schulter, ohne dass er dabei zusammenfuhr.

„Ich bin so ein Vollidiot!", sagte er reumütig. „Ich habe die Ohrfeige verdient!"

„Nein, es tut mir leid. Ich hätte nicht direkt gewalttätig werden dürfen!", sagte ich und meinte es auch so.

Tom erhob sich mit seinem tränenüberströmten Gesicht und einer rot angelaufenen Wange. Er umarmte mich, was mich überraschte.

„Entschuldige, Marc! Wir sind doch Freunde. Ich weiß, dass ich dich gerade sehr verletzt habe!"

Angenehm überrascht erwiderte ich seine Umarmung.

„Kann ich mich auf dich verlassen?", fragte ich leise.

„Natürlich! Wir sind doch Freunde. Ich bin dir das jetzt mehr als schuldig, Marc!"

„Das freut mich, echt. Ich kann dir gar nicht sagen, wie! Du bist der Erste, dem ich es gesteckt habe."

Diese Information verleitete Tom erneut in eine neue Weinphase. Und dennoch grübelte ich über seine wütende Reaktion ... Er wirkte allzu unglaubwürdig, als er mich versucht hatte zu beschimpfen.

10. Eine Rolle spielen

An meinem Schreibtisch sitzend, surfte ich durchs Internet und sah mich auf diversen Schwulenseiten um. Das Spektrum reichte von niveaulosen Sex-Seiten bis hin zu seriösen Seiten mit Informationen über Homosexualität. Aber ich wusste nicht, über was ich mich eigentlich informieren wollte. Über schwulen Sex? Es lag nahe, dass ich mich mit dem Thema auseinandersetzen sollte, obwohl ich keinen Freund hatte. Auf einer durchaus ernst gemeinten Homepage wurde über verschiedene Arten von Sex Auskunft gegeben. Ich bemerkte, dass ich selbst einem Klischee von schwulen Männern bislang Glauben geschenkt hatte: sie machten es nur von hinten. Aber das ist natürlich totaler Blödsinn, dachte ich, denn es ist nur eine Option neben vielen. Im Grunde nervte mich diese Suche im Internet. Mir wäre es lieber gewesen, mit jemandem intensiv darüber zu sprechen. Schrift kam mir so statisch vor, für die Allgemeinheit bestimmt. Das Lesen befriedigte nicht meinen Informationsdurst.

Dennoch blieb ich im Internet und googelte ein paar Bilder über Schwul und schwulen Sex. Mit gemischten Gefühlen sah ich mir die unzähligen Pics an. Ich war überrascht, dass dabei so romantische Darstellungen von zwei sich küssenden Männern dabei waren, dass ich beinahe schon sentimental wurde. Meine Aufmerksamkeit fiel auf ein Bild von zwei Männern, die sich in der Öffentlichkeit innig küssten. Wie ich das bewunderte! Ja, ich bewunderte erstmals schwule Jungs und Männer, die offen zu ihren Gefühlen standen.

So ganz unrealistisch fand ich es nicht mehr, diesen Mut eines Tages genauso ausleben zu können.

Beim Abendessen herrschte überwiegend Schweigen, lediglich meine kleine Schwester erzählte von ihren schulischen Gegebenheiten. Meine Eltern kauten gelangweilt auf ihrem Brot und versuchten dabei Tamaras Äußerungen Anerkennung zu zollen, indem sie nickten, kurz lächelten oder kicherten. Ich hörte den Inhalt dessen, was Tamara sagte, überhaupt nicht. Eine andere Welt umgab mich zu dieser Zeit.

„Marc!", sagte meine Mutter, als meine Schwester wegen überfüllten Mundes eine Redepause einlegen musste. „Es ist zwar sehr schön, dass du endlich eine Freundin hast, aber du hättest uns von deinem Glück ruhig erzählen können."

Miriam! Sie wissen von Miriam! Ich musste mich beherrschen, nicht ausfällig zu werden. Langsam musste ich lernen, mich in meine Rolle eines treusorgenden Freundes hineinzuversetzen – je nach Situation. Aber dass ich schon zu Hause jemanden spielen sollte, der ich gar nicht war, ging mir auf die Nerven.

„Warum?", fragte ich trocken zurück.

„Ja, hör mal! Wir sind deine Eltern und außerdem ist es nicht belanglos, dass du ein Mädchen an deiner Seite hast. Schließlich musst du auf viele Sachen achten."

Ich hatte es geahnt. Während mein Vater sein Brot ausgesprochen lange mit Butter bestrich und den Blick konzentriert auf sein Messer richtete, schaute meine Mutter verlegen, wurde beinahe rot – noch röter als ihre lackierten Fingernägel.

„Es gibt Dinge, die du zu tun hast, wenn du mit einem Mädchen … also, wenn du … wenn du …"

„Sex!", sagte ich, um sie endlich zu entkrampfen.

Mein Vater ließ vor Schreck das Messer aus der Hand fallen und meine Mutter blickte noch verlegener auf ihr Brot. Nur Tamara gab sich ihrem Abendbrot hin, als ob nichts gewesen wäre.

„Glaub mir, Mutter!", merkte ich an, „du wirst so schnell nicht Oma!"

Meine Mutter atmete aus - jedenfalls meinte ich es gesehen zu haben.

„Das wäre auch ein Verhängnis. Ich bin 46 Jahre alt und habe ganz bestimmt kein Interesse, Omi gerufen zu werden. Was sollen bloß meine Kollegen im Büro denken? Und Gisela?"

„Ich würde aber gerne mal eines Tages mein Enkelkind schaukeln", mischte sich mein Vater ins Gespräch.

„Ja, du!", rief meine Mutter verächtlich. „Geh erst mal wieder arbeiten, um ein vorbildlicher Großvater zu werden. Dann können wir darüber sprechen."

Mein Vater räumte seinen Teller weg und verschwand beleidigt im Wohnzimmer.

„Dann können wir darüber sprechen?", zitierte ich meine Mutter. „Wieso solltet ihr über mein mögliches Kind sprechen?"

„Weil du ja eines Tages mindestens ein Kind haben wirst!"

„Was?", rief ich zornig. Ich runzele die Stirn und war mir bewusst, dass ich meinen Ärger nicht im Zaum halten konnte und wollte.

„Schau doch nicht so böse. Ich habe dir ja nicht vorgeschrieben, wann, wie und mit wem … Aber eines hätte ich doch irgendwann ganz gern."

Meine Reaktion fiel für den Rest des Abends schweigend aus. Mit ihrer Ambivalenz konnte ich nichts anfangen, darum brachte es auch nichts, mit ihr zu reden.

Kurz vor Mitternacht zockte ich, hatte den ganzen Abend nichts anderes mehr gemacht. Das entspannte mich total und lenkte mich sehr gut ab. Es ging nun nicht mehr darum, mich von meiner Andersartigkeit abzulenken, sondern von der Tatsache, dass ich mit Miriam würde ausgehen müssen, um meinen Schein zu wahren. Nach Toms Reaktion wollte ich unheimlich gerne wissen, wie denn eigentlich Alex' Reaktion ausfallen würde – immerhin war er mein bester Freund.

11. Begegnungen der dritten Art

Donnerstagnachmittag. Ich schlenderte durch die Fußgängerzone, ziellos. Ich beobachtete diverse Menschen, die an mir vorbeiliefen. Ob sie alle Geheimnisse mit sich rumtrugen? Ob manche von ihnen schwul oder lesbisch waren? Garantiert, aber woran wllte ich das erkennen? Zum Glück konnte man es nicht am Äußerlichen erkennen.

Donnerstag, dachte ich. Morgen Abend muss ich so tun, als ob ich mich für Miriam, für ein Mädchen interessiere. Der ganzen Welt vorspielen, dass ich heterosexuell bin. Eine Abneigung kam in mir auf. Absagen! Ich werde einfach absagen und ihr vorlügen, dass ich krank bin. Nein, es ist besser, wenn ich sage, dass ich doch kein Interesse an ihr habe. Ich schaute auf meine Handytastatur und wurde dabei von jemandem angerempelt.

„Hey!", rief ich und blickte wieder auf mein Handy. Mein Blick wendete sich sofort wieder zu dem Rempler: David! Ich sah nur, wie er weiter lief und in einer Buchhandlung verschwand. Wie ferngesteuert steckte ich mein Handy zurück in meine Hosentasche und machte mich auf den Weg in die Buchhandlung. Kurz dachte ich darüber nach, ob ich seiner Gegenwart standhalten kann, doch das Bedürfnis, David wiederzusehen, ihn einfach mal zu grüßen, war mir ungeheuer wichtig. Befangen begab ich mich in die Buchhandlung, schaute nicht auf die Bücher, sondern auf die Kunden, die darin lesend standen und stöberten. Es war ruhig, meines Erachtens zu ruhig. Wo könnte er sich aufhalten? Als Krankenpfleger würde er sich vielleicht mit den Büchern über Medizin und Gesundheit befassen. Ich steuerte diese Ecke an. Tatsächlich! Ich erblickte David von hinten und schon fing ich an, zu schwärmen. Er hat so einen kräftigen Rücken unter diesem weißen Shirt, was er an diesem Tag mal wieder trug. Ich wagte es, leise auf ihn zuzugehen. Wie sollte ich ihn anreden? Sollte ich ihn spaßeshalber erschrecken? Oder etwas verschüchtert ansprechen, so als wollte ich mich erneut bei ihm entschuldigen? So viele Fragen ließen mich den Rückzug antreten. Nichts von alledem, beschloss ich und verließ

schnellen Schritts die Buchhandlung. Vielleicht war es auch gar nicht …
Ich ging zur Bushaltestelle, wollte lieber nach Hause, damit ich ihm hier
nicht noch einmal über den Weg lief.

Wie in Trance stieg ich in den Bus und spürte erneut ein flaues
Gefühl in der Magengegend. Meine Knie waren ebenfalls weich. Schnell
suchte ich mir einen freien Sitzplatz. Als ich aus dem Fenster schaute,
dachte ich noch einmal über die Situation nach: eine Bekanntschaft mit
David würde all meine anderen Bekanntschaften in den Schatten
stellen. Der Bus fuhr an und genau in diesem Moment wurde mir
gewahr, dass ich die Situation hätte eben auch anders meistern können.
Warum war ich so ein Feigling? Ich ballte meine Hände zu Fäusten und
versuchte, nicht allzu zornig zu sein. Eine ältere Dame mit einer gelben
Brille auf der anderen Seite des Busses beobachtete mich mit er-
schrockener Miene. Ich gab mich locker und schaute aus dem Fenster.
Plötzlich spürte ich ein Tippen auf meiner Schulter. Die Dame, die
mich eben beobachtet hatte, reichte mir ein Taschentuch.

„Hier!", sagte sie sanft.

„Danke!", erwiderte ich, ohne zu wissen, weshalb sie mir jetzt ein
Taschentuch in die Hand gab. Ich schaute sie fragend an.

„Junger Mann, Sie schwitzen so. Merken Sie das nicht?"

Ich schüttelte etwas perplex den Kopf und betastete meine Stirn,
die so nass war, als wäre ich frisch aus der Dusche gekommen.

„Oh, das ist nett!", sagte ich in freundlichem Ton. „Ich hab das
gar nicht bemerkt."

Sie setzte sich wieder auf ihren Platz und behielt mich im Auge,
während ich meinen Schweiß abwischte, der nur so über mein Gesicht,
von dem ich vermutete, dass es noch immer rot angelaufen war, lief.

„Sie sind verliebt", stellte die Dame fest, deren sanftmütige Augen
ich erst jetzt zur Kenntnis nahm.

Irritiert schaute ich sie an.

„Wieso das? Ich meine, wie kommen Sie darauf?" Ich tupfte noch
immer meinen Schweiß ab, glaubte aber, dass mein Taschentuch gleich
völlig aufgeweicht sein wird.

„Weil ich so etwas sofort sehe, junger Mann."

Ein kurzes Grinsen kam über meine Lippen, zu mehr Fragen war ich derzeit nicht fähig.

„Sie haben die klassischen Symptome. Nur gestatten Sie mir bitte noch eine Frage: Ist dieses Verliebtsein einseitig?"

Hätte ich mich doch woanders hingesetzt, dachte ich. Diese neugierige Person stach in meine Wunden, die sich gerade auftaten, denn ich bemerkte, dass ich hoffnungslos verliebt war. Ich beachtete sie nicht mehr und wendete den Blick ab. Meine Taktik ging insofern nicht auf, als sie nachfragte, welches Sternzeichen ich hätte. So eine Astro-Oma hatte mir gerade noch gefehlt … Aber warum nicht auch an diesen Strohhalm klammern, wenn es sonst nichts zu klammern gab?

„Ich bin Löwe", antwortete ich und wand mich ihrer Person wieder zu.

„Aha!" Sie wühlte in ihrer ockerfarbenen Handtasche herum und holte eine Hochglanzzeitschrift hervor, auf dessen Titelblatt Sterne, Mond und Sonne auf einem nachtblauen Hintergrund abgebildet waren.

„Wie lange fährst du in etwa?"

„Steht das nicht in meinem Horoskop?", fragte ich, um sie etwas aufzuziehen.

Sie lachte lauthals, so dass der Busfahrer sich reflexartig umdrehte.

„Fahren Sie besser mal los, Herr Chauffeur", gab sie an und schaute tadelnd auf ihre Armbanduhr. Der Motor heulte auf, die Türen schlossen sich.

„So, du hast Zeit für eine kurze Weissagung?"

„Ja, von mir aus!", antwortete ich und hatte dabei die wahnwitzige Vorstellung, dass tatsächlich etwas Nennenswertes dabei herauskam.

„Sie müssen heute die Gelegenheit beim Schopf packen, damit es in ihrem Leben zu einer Wendung kommt."

Ich schluckte, musste aber feststellen, dass Horoskope üblicherweise immer so formuliert wurden, dass man sie schlichtweg auf alle Situationen anwenden konnte, egal, ob Beruf, Gesundheit oder Liebe.

„Was bringt der morgige Tag? Steht das auch da drin?", fragte ich aufgeregt.

„Ja, klar. Morgen sollten Sie eher einen Gang zurückschalten, defensiv sein", fasste sie kurz zusammen. Wenn in solchen Astro-Magazinen, die mitunter teurer als so manche Handtasche waren, nur abstrakte Sätze standen, dann verstand ich nicht, inwiefern sich diese von den Horoskopen in den Tageszeitungen von der Qualität her unterschieden. Aber wenn sie sich die Astrologie zum Hobby gemacht hatte, sollte sie ruhig ihrem Hobby mit wachsender Begeisterung nachgehen und als Bushellseherin den Fahrgästen die Zeit vertreiben.

12. Absage!

Ein Buch, ein wenig Ablenkung wäre nach diesem Tag genau das, was ich gebrauchen könnte. Im Wohnzimmer vor dem Bücherregal stehend, überlegte ich, welche Unterhaltung mich derzeit nicht an meine Probleme erinnerte. Vielleicht könnte mich die Biographie von Albert Einstein in eine Erholungsphase versetzen. Ich setzte mich mit dem mitteldicken Wälzer in den Sessel und begann, das Vorwort zu studieren. Doch schon hörte ich wie die Schritte meiner Mutter, die wieder mit hochhakigen Schuhen über unser Parkett lief, immer lauter wurden und sich annäherten. Bevor sie in die Nähe von jemandem kam, drang zunächst erst mal ein Hauch von billigem Damenparfüm in den Raum, das mich oftmals zu einem heftigen Niesen zwang.

„Ach, da bist du!", rief sie, schriller als je zuvor.

„Du, Marc, ich gehe mit deinem Vater morgen Abend ins Theater. Kleist. Hab bitte ein Auge auf deine Schwester, okay?"

„Papa will ins Theater? Mir dir?", fragte ich erstaunt.

„Ja, stell dir vor! Natürlich mit mir, wir sind ja verheiratet. Außerdem will ich ihm allmählich wieder etwas Kultur näherbringen. Ansonsten verblödet er mir noch vor dem Fernseher. Und sieh an, du liest wenigstens freiwillig ein Buch."

Sobald sie ihren Wortschwall beendet hatte, stakste sie mit großen Schritten aus dem Wohnzimmer und würde vermutlich nun das Abendbrot lieblos auf den Tisch knallen. Erst jetzt entfuhr mir ein Niesen. Das Buch klappte ich zu, weil ich unentwegt an die seltsame Unterhaltung mit der Bushellseherin denken musste. Sie war ja schon eine liebenswürdige Person, wenn auch etwas schräg. Dennoch hatte ich den Eindruck, dass in ihrer sanftmütigen Stimme etwas Wahres lag, obwohl ich Horoskopen und dergleichen keinen Glauben schenken sollte.

Als ich am Freitagmorgen meinen Handywecker hörte, schreckte ich aus meinem Tiefschlaf auf, der mir heute unbedeutend und schnell vergessene Träume geliefert hatte. Zwar fühlte ich mich ausgeschlafen, doch hatte ich ein ungutes Gefühl – und wusste nicht, warum. Es konnte kaum an der Hellseherin und ihrem Geschwafel liegen. Nein, es war Miriam. Miriam! Ich hatte gestern den Kinoabend mit ihr nicht abgesagt. Tickets für den Film hatte ich auch noch nicht besorgt, weil ich plante, diesen bescheuerten Termin irgendwie zu umgehen. Als ich mein Handy vor mir in der Hand hielt, überlegte ich, ihr schnell noch abzusagen. Nur dann könnte ich mich in der Schule nicht blicken lassen. Ich bin krank, schrieb ich einfach und versicherte, dass wir den Abend nachholen werden. Nein, letzteres garantiert nicht. Okay, ich überwand mich und schrieb die SMS, die für sie grauenhaft sein musste. Sie würde, genau wie ich, unter Liebeskummer leiden. Ist es überhaupt Liebeskummer, was ich verspüre, wenn ich mich über meine Mutlosig-keit ärgere, weil ich David nicht angesprochen habe? Ist es Liebes-kummer, wenn sich mein Herz verschließt, sobald ich an ihn denke? Ich fürchtete, ja. Aber irgendwie konnte ich damit leben, vor allem, wenn der Abstand gewahrt blieb. Bis gestern hatte ich so gut wie gar nicht an ihn gedacht. Mir kam immer wieder Miriams glückseliger Blick vor Augen und ich musste ständig an Toms Reaktion auf meine Homosexualität denken. Er hatte sich übrigens auch in der Schule mir gegenüber weiterhin wie ein guter Freund verhalten. Von Verrat war absolut keine Spur. Nicht, dass ich ihm das getraut hätte, aber letztendlich musste ich doch mit allem rechnen – zumal ich ja nicht mal damit gerechnet hatte, schwul zu sein, geschweige denn kurz nach dieser Feststellung einem Mädchen Hoffnung auf mich zu machen.

Tamara öffnete meine Zimmertür einen Spalt und linste hinein.

„Kommst du frühstücken?"

„Nein!", sagte ich genervt. „Ich bin krank. Sag Papa, er soll mir für heute eine Entschuldigung schreiben. Ich habe Kopfschmerzen."

Und schon verschwand Tamara wieder. Sie kannte mich mittlerweile und wusste genau, an welchen Tagen sie mich nerven konnte und an welchen dies absolut tabu war.

Ich nahm mein Handy wieder zur Hand. Absenden! … In genau diesen Sekunden musste für Miriam eine Welt zusammenbrechen. Ich konnte es mir genau vorstellen, wie sie gerade ihre SMS las und sich ihr Gesicht dabei zu einer traurigen Miene verwandelte. Bevor sie auf den Gedanken kam, mich anzurufen, schaltete ich mein Handy aus und legte es auf meinen Nachtschrank. Während sie womöglich verzweifelte Versuche startete, mich anzurufen, drehte ich mich in meinem warmen Bett noch einmal gemütlich herum und freute mich für zwei, drei Stunden in einen ruhigen Schlaf zu fallen.

Den Freitagnachmittag verbrachte ich, weder geduscht noch frisch angezogen, im Internet. Mein Handy hatte ich bislang nicht eingeschaltet und fühlte mich zunehmend unwohler, denn mein Gewissen meldete sich zu Wort. Möchte ich von, ich dachte einfach mal an David, so behandelt werden wie ich heute Miriam behandelt habe? Eine solche geschmacklose SMS, die das einst so glücklich wirkende Gesicht in eine einsame und trauernde Fassade verwandeln konnte, wollte ich jedenfalls nicht erhalten. Dass ich eine derartige Botschaft ohne großen Aufwand mal so eben im Bett versendet hatte und ich mir dabei über Miriams Reaktion im Klaren war, erschreckte mich vor mir selbst. Warum kann ich so eiskalt sein?

Ich checkte meine E-Mails und befürchtete, dass unter dem Haufen ungelesener Nachrichten eine von Miriam dabei sein muss. Doch ich hatte Glück. Sie kannte meine Adresse gar nicht, also konnte sie mir auch nicht schreiben. Tom oder Alex hatte sie scheinbar nicht danach gefragt. Mit jeder Minute stieg mein Mitleid für sie, weil ich in etwa nachvollziehen konnte, was sie durchmachen musste. Ich schaltete mein Handy prompt wieder ein. Nach wenigen Sekunden zeigte es mehrere „Anrufe in Abwesenheit" an: Miriam um 7:01, Miriam um 7:03, Miriam um 7:18… und ich könnte noch 15 Uhrzeiten nennen, zu denen Miriam mich kontaktieren wollte. Ich hatte es geahnt. Aber dass sie mich gleich 18mal im Laufe des Tages vergeblich anrief, rührte mich mehr als ich es für möglich gehalten hätte. Gegen 9 Uhr traf eine weitere SMS ein. Ich fürchtete, dass es Miriam war und ich hatte recht: *„Marc, wieso sagst du kurzfristig ab? Was hast du denn? Kannst du es nicht doch irgendwie versuchen, auch wenn du krank bist? Bitte! ILD "*

Bevor ich mich verrückt machen würde, löschte ich die SMS schnell und schmiss mein Handy aufs Bett. Schnell drehte ich meine Stereo-Anlage auf und widmete mich wieder meinen E-Mails. Ich brauchte aber jemanden zum Labern. Da meine Eltern an diesem Abend weg waren, konnte ich Tom und Alex einladen, um es uns im Wohnzimmer gemütlich zu machen. Außerdem plante ich insgeheim, mich endlich bei meinem besten Freund zu outen. Tom könnte mir da eine gute Stütze sein. Ihm ließ ich sofort eine Nachricht zukommen, da er in der Regel, wenn er nicht gerade im Tor stand, an seinem PC hockte. Ich schrieb ihn rasch an und teilte ihm mit, dass ich sturmfrei habe. Nach nicht mal zwei Minuten kam seine Antwort: „Klar, wann genau?" Wir machten die Zeit aus und ich verabschiedete mich knapp, um Alex anzurufen. Er war womöglich mit dem anderen Geschlecht unterwegs. Nachdem ich auch seine knappe Zusage für heute Abend 20 Uhr erhalten hatte, war ich erleichtert. Es schien alles nach Plan zu laufen. Zudem konnten sie mich vor meinem schlechten Gewissen Miriam gegenüber ablenken.

13. Alex' Reaktion

„Nur verstehe ich eins nicht!", sagte Alex und kaute auf der mittlerweile gefühlten 200. Salzstange herum. „Wieso lässt du dir ein Weib wie Miriam entgehen?"

„Weil ich kein Interesse an ihr habe", sagte ich.

Die Kommunikation würde in einer Sackgasse enden, das fühlte ich. Ich hatte schlichtweg nicht den Mut, mich jetzt vor Alex zu outen… Wenn er doch nur von alleine etwas ahnen würde und das Gespräch darauf bringen könnte. So hockten wir alle drei schweigend in unserem Wohnzimmer und ließen uns von einem leise laufenden Spielfilm berieseln. Die Stille im Raum wäre ansonsten unerträglich gewesen. Ich saß auf einem Stuhl und hatte Alex und Tom, die auf der Couch hockten, im Blick. Tom drehte ständig sein Glas Cola in der Hand und ich spürte, dass er mir helfen wollte, ihm jedoch die passenden Worte für meine Verteidigung fehlten. Offensichtlich wollte er unter allen Umständen mein Schwulsein geheim halten. Das ehrte ihn.

Alex lehnte sich mit einer Salzstange lässig in den Sessel zurück.

„Also, ich versteh dich nicht, Marc! Das kommt mir so komisch vor. Du machst die Miri erst heiß und dann lässt du sie fallen wie eine heiße Kartoffel. Ich meine, ich habe das auch schon gemacht bei dieser schielenden Brillenschlange. Aber Miri würde ich mir nie entgehen lassen, egal wie stark meine Kopfschmerzen auch sind. Gib's zu, jetzt geht's dir doch wieder gut, wie wir sehen!"

„Ja, mir ging es heute Morgen schlecht … Ach, was lüg ich euch vor. Mir ging es prima heute Morgen, ich habe blau gemacht!"

„Uns kannst du das doch sagen!", meinte Alex. „Was glaubst du, wie oft ich wegen meiner Mädchengeschichten blau gemacht hab?!"

Jetzt wäre der optimale Augenblick, doch die Worte konnten meinen Mund nicht verlassen, als wären sie eingesperrt.

„Wollen wir eine DVD schauen?", fragte Tom plötzlich. Ich war sehr froh, dass er sich ins Gespräch eingeschaltet hatte und der Unterhaltung eine neue Richtung gab. Meine Anspannung ließ spürbar nach.

„Gerne!", riefen Alex und ich beinahe zeitgleich.

Ich ging rasch in mein Zimmer und schaute in meine DVD-Sammlung. Ich nahm einfach irgendeinen Action-Film zur Hand. Nachdem ich für weitere Getränke und Chips gesorgt hatte, legte ich den Film ein.

„Der Film ist doch okay, oder?"

„Aber klar!", sagte Alex mit vollem Mund.

Vor dem Fernsehen sitzend, dachte ich mir eine Strategie für mein Coming-out bei Alex aus. Da ich mir, obwohl wir beste Freunde waren, unsicher war, wie er reagieren würde, wollte ich erst mal testen, wie er eigentlich zu Homosexuellen stand. Das hätte ich auch bei Tom machen sollen, vielleicht hätte ihm das die schmerzhafte Ohrfeige ersparen können. Ich überlegte mir den Satz, jedes einzelne Wort, ganz genau, bevor ich spreche. So, jetzt:

„Mich würde auch mal ein Schwulen-Film interessieren. ‚Brokeback Mountain' zum Beispiel. Können wir uns ja auch mal an einem DVD-Abend ansehen." Dabei sah ich Alex bewusst nicht an, sondern klebte mit meinem Blick am Bildschirm.

„Einen Schwulen-Film?", fragte Alex spöttisch.

Ich sah ihn, bemerkte sein angeekeltes Gesicht … Zumindest meinte ich eine bestimmte Abneigung aus seinem Gesicht herauslesen zu können. Ich nickte lediglich.

„Ne, du! Es sei denn, du stellst mir einen Kotzkübel zur Verfügung."

Tom sah Alex finster an.

„Was soll das denn? Sind Menschen wie alle anderen auch. Er will uns ja keinen Gay-Porno vorführen."

„Ach, Tom!", rief Alex. „Ich bitte dich. Wer will sich schon zwei liebende Männer reinziehen. Das ist nur ekelig!"

Alex' Worte versetzen mir einen tiefen Stoß ins Herz. So dachte er natürlich auch über mich … Mein bester Freund dachte so. Kurz bevor mir die Tränen in die Augen schossen, verließ ich wütend und in rasantem Tempo das Wohnzimmer und knallte die Tür hinter mir zu.

Dabei lauschte ich noch eine Weile, da ich auf Alex' Reaktion wartete.

„Was hat der denn?", fragte Alex erstaunt.

Ich wartete auf Toms Antwort, doch da scheint nichts zu kommen.

„Alex!", sagt er leise. „Du bist sein bester Freund. Hast du nie mal mit dem Gedanken gespielt, dass Marc …"

Nein, Tom soll das nicht für mich machen, das wäre äußerst unbefriedigend für mich. Ich trat wieder mit selbstbewussten Schritten ins Wohnzimmer und zwar direkt vor Alex.

„Ja, Alex, ich gehöre zu denjenigen, die du eklig findest!"

Alex stockte der Atem und er sah mich an. Ich konnte nicht feststellen, ob er mich mit Wut, Ekel, Abscheu oder Verwunderung anblickte. Er schüttelte langsam den Kopf.

„Ihr wollt mich verarschen!"

„Nein, Alex!", schaltete sich Tom ein. „Marc ist schwul. Aber was soll's? Das ändert doch für uns überhaupt nichts. Ich wäre dafür, wenn wir jetzt den Film weitersehen und uns noch einen richtig gechillten Abend machen."

Alex schüttelte erneut den Kopf und stand auf. Nun stand er direkt vor mir.

„Es ist unnormal! Du bist unnormal! Halt in Zukunft bloß Abstand!", sagte er drohend.

Ich blieb ganz ruhig vor ihm, während er sich aus dem Wohnzimmer entfernte.

„Alex, du Arsch!", rief Tom ihm hinterher. „Behalte das bloß für dich!"

„Keine Sorge!", erwiderte Alex im Hinausgehen. „Ich werde keiner Menschenseele gegenüber zugeben, dass ich einen solchen Typen je meinen besten Freund genannt habe."

Ich musste kräftig schlucken, als mir gewahr wurde, dass die Freundschaft mit Alex, die so lange harmonisch und lustig gewesen war, nun für immer vorbei sein sollte … Tom nahm mich in den Arm, denn er wusste, was Alex und ich alles gemeinsam erlebt hatten und vor allem, was er mir bis zu diesem Moment bedeutet hatte.

14. „Ich bin übrigens auch schwul!"

Es muss etwa fünf Jahre her sein, als Alex' Fassade noch keine Zweifel über sein freundschaftliches Verhalten aufkommen ließ. Wir waren spät abends in der Stadt unterwegs. Es war etwa 23 Uhr, als wir unter einer schwach leuchteten Laterne drei Jugendliche mit einem hämischen Grinsen auf uns zukommen sahen.

„Na, ihr beiden Kleinen!", meinte der Größte unter ihnen übertrieben freundlich. „Ihr habt doch bestimmt Geld dabei!"

Ich spürte, wie mir der verdunstete Geruch von Alkohol in meine Nase eindrang.

„Nein!", sagte Alex bestimmt, fasste mich am Ärmel meiner Jacke und schlug die Flucht ein. Doch da ich auf sein plötzliches Weglaufen nicht vorbereitet war, stürzte ich auf den harten Teer. Ich dachte nur, dass sie doch mein Geld nehmen sollen und mich dafür in Ruhe lassen. Sie tasteten nervös meine Hose ab und zogen mein Portemonnaie heraus. Statt mir Gedanken um meine 30 Euro zu machen und darüber, dass das niedliche Lieblingsfoto meiner Schwester nun in den Händen der Gangster war, hatte ich einfach nur Angst vor Schlägen und Tritten. Zum Glück begnügten sie sich nur mit meinem Portemonnaie. Laute, schnell laufende Schritte, die immer leiser wurden, signalisierten mir, dass die Gefahr vorbei war – meine Geldbörse war ebenfalls weg, worüber ich danach unendlich traurig war. Merkwürdigerweise war auch Alex weg. Mir kam der Gedanke, dass er mich hier ganz allein unter diesen drei Verbrechern liegen gelassen hatte und vor Angst weggelaufen war. Als ich mich aufrichtete, erschien er überraschend in meinem Blickfeld.

„Lass uns schnell weglaufen!", sagte er.

Wir rasten wie wild geworden schnell aus dem Zentrum der Stadt raus, über den Marktplatz hin zu meinem Wohnviertel, das auf seinem Heimweg lag. Abgehetzt standen wir vor dem Haus meiner Familie.

„Das war furchtbar!", sagte ich erschöpft. „Aber warum bist du abgehauen, als ich am Boden lag?"

Statt auf meine Frage zu antworten, zog er etwas aus einer Hosentasche heraus und reichte es mir. Ich konnte es kaum fassen, meine Augen schienen mich zu trügen, denn er hielt mein Portemonnaie in der Hand. Völlig perplex nahm ich es an und schaute hinein: da waren meine 30 Euro und das Bild von Tamara war ebenfalls darin.

„Häää?", entfuhr es mir.

„Tja, so schnell kann man etwas Verlorenes wiederbekommen. Ich sage nur: eine gute Lage", merkte Alex an. Bis heute verlieh ich meiner Verwunderung Ausdruck über dieses Geheimnis, da Alex mir in all den Jahren mit einem süffisanten Lächeln stets verschwiegen hatte, wie er eigentlich an mein gestohlenes Portemonnaie gekommen war.

Ich hätte die Zeit am liebsten auf vergangene Woche zurückdrehen wollen, als ich Miriam noch nicht angesprochen hatte, als Alex noch nichts von meiner Homosexualität ahnte ... Aber will ich überhaupt mit so einem engstirnigen Depp befreundet sein? Warum bemerke ich erst nach dem gestrigen Abend, was für ein Typ hinter dieser lässigen Fassade steckt?

Nach dem verkorksten Abend sehnte ich mich geradezu nach etwas Harmonie, nach einer überaus positiven Reaktion auf mein Coming-out. Vor dem Computer sitzend, überlegte ich, von wem ich denn eine solche Reaktion erwarten könnte. Plötzlich sah ich eine eingegangene E-Mail von Tom, die er mir um 7 Uhr 58 geschickt hatte.

„Hey Marc! Es tut mir sehr leid, wie Alex gestern reagiert hat. Ich hätte ihn ganz anders eingeschätzt. Aber sei beruhigt, er wird nichts, aber auch gar nichts über dich in der Schule erzählen, weil es ihm einfach zu peinlich ist, mit dir befreundet gewesen zu sein ... Du kannst gerne heute Mittag zu mir kommen. Melde dich, wenn du dich entschieden hast!"

Die E-Mail freute mich natürlich, aber zugleich machte sie mich auch traurig und ich hatte im Gefühl, dass der heutige Samstag ein guter Tag werden würde. Ich hatte die persönliche Erfahrung gemacht, dass ein Tag, der gut startete, auch bis zum Abend hin wunderbar verlaufen kann. Mag sein, dass ich mir das einbildete, aber ich würde diese Behauptung jederzeit unterschreiben.

Kurzerhand schrieb ich Tom zurück und meldete für 14 Uhr meinen Besuch. Aber nun wurde es Zeit, dass ich etwas aß.

An diesem Mittag kochte mein Vater, weil meine Mutter mit Tamara Klamotten in der Stadt kaufte, was zu einem wahren Abenteuer werden konnte. Er wirkte dabei nicht sehr motiviert. In der Küche hatte er einen kleinen Fernseher auf dem Esstisch platziert. Eine Talkshow lief. Es war so klar, dass er sich das um diese Zeit reinziehen musste. Ich setzte mich auf einen Stuhl und nahm mir die Tageszeitung. Bei dem Versuch, die niveaulosen Gespräche auszublenden, zuckte ich zusammen, nachdem die Moderation den Begriff „schwul" erwähnt hatte.

„Ich begrüße Dirk, der mit seinem Freund in einer offenen Beziehung lebt!", rief die rothaarige Moderatorin begeistert. Applaus! Ich schielte verstohlen auf meinen Vater, der mit dem Kopf schüttelte … Offensichtlich empörte er sich über solche Themen. Aber im Grunde durfte ich nichts anderes erwarten. Während ich mich wieder der Zeitung widmete und mit halbem Ohr das Gespräch der Moderatorin und ihres Gastes belauschte, lenkte mein Vater seine Aufmerksamkeit wieder dem Herd zu und rührte die Suppe um. Unruhig rutschte ich auf dem Stuhl hin und her. Ein Drang, den ich nicht erklären konnte, wollte mich dazu verleiten, mich offen zu meiner Homosexualität zu bekennen – bei meinem Vater. Bei meinem Vater? Wieso sollte er das erste Familienmitglied sein, das es erfahren musste? Als ich allen Mut zusammengenommen und meine Gedanken an seine erwartungsgemäße Reaktion ausgeblendet hatte, schossen die Worte nur so aus mir heraus:

„Ich bin übrigens auch schwul!"

Ich kniff die Augen zusammen, ahnend, dass er mir gleich den Kochlöffel auf den Kopf schlagen und mich aus der Küche werfen wird. Ich hörte nichts. Keine Reaktion. Ich schaute ihn an und sah, dass er weiterhin die Suppe umrührte. Hatte er nichts von dem gehört, was ich gesagt hatte?

„Kannst du mir mal das Salz reichen?", fragte er völlig ruhig.

Ich stand auf, hole den Salzstreuer aus dem Schrank und reichte ihn ihm.

„Danke, mein Sohn!", sagte er freundlich.

„Aber … aber … ich …!", stammelte ich. Seine Reaktion passte nicht, was mich enorm irritierte. Ich freute mich sogar, dass er mich seit Langem wieder „mein Sohn" genannt hatte. Das letzte Mal musste es noch in der Grundschule gewesen sein, als ich mit einem guten Zeugnis nach Hause gekommen war. Und nun hatte ich mich geoutet und hörte wieder die zwei Worte, die mein Herz Luftsprünge machen ließen.

„Ich bin schwul!", sagte ich noch einmal. Das kann doch unmöglich seine Reaktion gewesen sein …

„Na und?", lachte er. „Das ist doch völlig in Ordnung!"

„Wie jetzt?" Ich runzelte meine Stirn, weil mich seine Reaktion nach wie vor irritierte.

„Hör mal! Du bist du, und es ist nur wichtig, dass du glücklich bist."

Er legte den Kochlöffel beiseite und umarmte mich. Mir schossen schon wieder Tränen aus den Augen, versuchte diesen Fluss aber zu unterdrücken.

„Aber wer wird denn weinen?", fragte er liebevoll.

„Ich … ich hatte gedacht, du würdest … würdest anders reagieren … Ich habe schon den Kochlöffel auf meinem Kopf gespürt …", schluchzte ich und mir war das enorm peinlich vor meinem Vater. Er runzelte die Stirn und löste sich aus meiner Umarmung.

„Ist ja interessant, was du für ein Bild von mir hast", sagte er ruhig. Betreten schaute er auf die Suppe. Es war unerträglich still im Raum. Nur die Stimmen aus dem Fernseher waren im Hintergrund leise wahrzunehmen.

„Das verletzt mich!", merkte mein Vater an und unterbrach die Funkstille zwischen uns.

Es war schon recht seltsam, dass er mir leid tat. Mit diesem Ausgang der Situation hatte ich niemals gerechnet...

„Du musst wissen, dass ich sehr unsicher war", sagte ich besänftigend. Er nickte bloß. Ich suchte nach weiteren Worten.

„Aber du bist das erste Familienmitglied, das es erfahren hat."

Er wandte mir sein Gesicht zu und fragte lediglich: „Echt?" In dieser Frage steckte auch eine Überraschung, die er nicht verbergen konnte.

„Echt!", gab ich zurück.

15. Die Botschaft

Montagmorgen, ich ging zur Schule ... Mir standen ungewisse Momente bevor. Zum einen würde Alex da sein, der mich nun ganz anders behandeln und in meiner Gegenwart nicht mehr in der Rolle meines besten Freundes sein würde. Zum anderen dachte ich an Miriam, die mir sicher Vorwürfe machen würde. Wäre sie alleine, könnte ich all ihre verbalen Angriffe abwehren, aber da war auch noch die zickige Meute ihrer geschminkten Freundinnen.

Kaum setzte ich den ersten Schritt auf den Schulhof, überkam mich ein flaues Gefühl. Ich beobachtete die Mitschüler im Hof ganz scharf. Niemand warf einen auffälligen Blick auf mich, woraus ich den Schluss zog, dass Alex alles für sich behalten hatte.

Im Klassenraum war auch alles ganz normal: lethargische Stimmung am Montagmorgen. Ich setzte mich auf meinen Platz und grüßte Tom und Marvin. Alex' Platz war noch leer. Normalerweise saß er ja direkt neben mir, aber angesichts der Umstände befürchtete oder hoffte ich vielmehr, dass er sich umsetzen lassen wollte. Nur musste er sich dafür eine passende Begründung ausdenken. Im Prinzip wäre ein „ganz fürchterlicher Streit" mit mir durchaus denkbar und würde der Wahrheit im weitesten Sinne entsprechen.

„Hast du die Hausaufgaben gemacht?", fragte Marvin und sein Mundgeruch umhüllte mich wie eine Nebelschwade.

„Nein!", sagte ich etwas angewidert. „Ich pflege bei schönem Wetter rauszugehen!" Meine gestelzte Sprache, die ich Marvin gegenüber meist bewusst einsetze, sollte ihn neben mir doof dastehen lassen. Insbesondere gelang es mir so, dass er das Gespräch mit mir abbrach und mich so schnell nicht noch einmal ansprach. Offensichtlich schien ihm meine abweisende Haltung nicht viel auszumachen – zumal ich nicht glaubte, dass er die von mir ihm entgegengebrachte Abweisung als solche aufgefasst hatte.

„Ist Alex krank, weißt du was?", wand ich mich fragend an Tom, woraufhin er bloß mit den Schultern zuckte.

„Meinst du, er verrät es?", flüsterte ich.

Tom schüttelte langsam den Kopf: „Unwahrscheinlich! Hey, Marc. Mach dir deshalb keinen Kopf. Ich stehe hinter dir und viele aus der Klasse bestimmt auch, falls … du weißt schon!"

Beruhigt war ich dennoch nicht nach diesen Worten. Mit einer ziemlich betretenen Miene kam Herr Brecht ins Klassenzimmer. Sein Wochenende war wohl nicht gerade von zu viel Schlaf geprägt, im Gegenteil. Wenn er schon so hineinkam, dann wird das ohnehin langweilige Fach zu einer wahren Geduldsprobe.

„Guten Morgen!", sagte er ziemlich schnell und bekam kaum die Lippen auseinander. Ich sah Tom an, der wohl das Gleiche dachte wie ich: Herr Brecht ist blau!

Ein langsames, kaum hörbares „Morgen, Herr Brecht!" erwiderte seine Begrüßung.

„Es tut mir leid, aber ich muss euch eine traurige Mitteilung machen."

Funkstille entstand, niemand kramte jetzt noch in seiner Tasche.

„Alexander ist gestern Abend bei einem Autounfall ums Leben gekommen."

Die Worte hallten noch sekundenlang in meinem Kopf nach. Mir wurde schwindelig und ich klammerte mich am Tisch fest. Ich spürte, wie mir Blässe ins Gesicht stieg, aber offenbar war ich nicht der Einzige.

„Bevor wir mit dem Unterricht beginnen, möchte ich mit euch eine Minute schweigen."

Knisternde Anspannung in der Klasse. Nur mein leises Atmen konnte ich vernehmen. Draußen strahlte die Sonne und dieses Wetter erschien mir angesichts dieses Schocks und der Trauer, die sich schlagartig über die Klasse gelegt hatte, geradezu unerträglich, als lache die Sonne uns spöttisch ins Gesicht.

Wie versteinert verbrachte ich die Minute und wartete auf meine ersten Tränen – doch sie wollten nicht kommen. Mein Kopf war wie leergefegt, ich konnte derzeit an nichts denken. Die Situation überforderte mich so sehr, dass ich am ganzen Leib zittern musste.

Marvin fasste mich an und schien mitfühlend zu sein.

„Marc, ist alles okay?"

Ich antwortete nicht, sondern fixierte meinen Blick auf mein Mathebuch. Ich bemerkte, wie er sich bewegte, eine Flasche Wasser aus seinem Rucksack holte und mir reichte.

„Trink!", flüsterte er. „Sonst brichst du gleich zusammen."

Ich war ihm so dankbar, dass ich sofort einen Schluck nahm. Die Schweigeminute war um. Herr Brecht schlug seine grüne Mappe auf.

„Wenn ihr jetzt nicht unbedingt Mathematik machen wollt, können wir auch über Alexander sprechen. Ich bin da offen und hätte Verständnis."

Niemand wagte es, etwas zu sagen. Das Schweigen hatte die Klasse fest im Griff. Aber andererseits konnten wir auch jetzt nicht unbedingt Mathematik machen. Kein einziger Mitschüler würde sich jetzt konzentrieren, geschweige denn, etwas behalten können.

Der Vormittag war kaum zu ertragen. Ich wollte mehr Informationen über Alex' plötzlichen Tod haben. Ich suchte nach der Schule zu

Hause direkt nach der Tageszeitung.

„Nun setz dich doch erst einmal zu uns!", meckerte meine Mutter mit vollem Mund.

„Es gibt Spaghetti!", rief Tamara freudig.

„Gleich!", erwiderte ich und kramte im Wohnzimmer die Tageszeitung hervor. Auf Seite drei, im lokalen Teil, fiel mir sofort die Überschrift *16jähriger verunglückt mit gestohlenem Wagen* ins Auge.

In der Nacht zum Sonntag ist ein 16-jähriger Schüler mit dem gestohlenen Auto seines Vaters auf der Werkmann-Kreuzung ums Leben gekommen. Da er offenbar die Vorfahrt an der Kreuzung missachtete, wurde der Wagen von einem links kommenden Bus an der Fahrerseite erfasst, woraufhin sich das Auto einmal überschlug. Der Jugendliche war nicht angeschnallt und stürzte im Flug durch die Windschutzscheibe, wie es aus den Beobachtungen des Busfahrers hervorgeht. Gegen den Fahrzeugbesitzer wird nun ermittelt. Nach Angaben seiner Freundin, die er am besagten Abend nach Hause gefahren hat, war für ihn der Autoschlüssel im Flur des Elternhauses leicht zugänglich.

Ich las mir den Artikel zweimal durch und erst jetzt wurde mir gewahr, dass es sich dabei um Alex handelte. Alex ist tot, er ist nicht mehr da, schoss es mir durch den Kopf. Freitagabend saß er noch genau an dieser Stelle und hatte Salzstangen gegessen. Dann hatte er mich beschimpft und mir die Freundschaft gekündigt … Mir rasten die Szenen von Freitag durch den Kopf. So sollte also meine letzte Begegnung mit Alex sein. Warum musste ich mich vor ihm outen? Wenn ich das nicht getan hätte, dann läge nicht dieser ewige Unfriede zwischen uns … dann hätte ich ein völlig anderes Bild von Alex. In meinen Vorstellungen würde ich mir ausmalen, wie er reagiert hätte, wenn ich mich geoutet hätte: höchst verständnisvoll, mir einen Arm über der Schulter legend, was mir signalisieren soll: „Hey, na und?!"

Da ich meine Eltern nicht auch noch in meine Trauer einbeziehen wollte, setzte ich mich mit halbwegs gut gelaunter Miene an den Tisch und nahm ein paar Spaghetti.

„Ich hab heute nicht viel Hunger", sagte ich.

„Ich habe wieder gekocht!", bemerkte mein Vater mit einem Zwinkern.

Eine Zeitlang herrschte Stille. Selbst meine Mutter gab keine Kommentare von sich. Ihre Munition hatte sie offenbar bereits am Vormittag im Büro verschossen. Tamara unterbrach die angenehme Ruhe:

„Alex ist ein Arsch, er hat alle Salzstangen verputzt!"

Wütend und verzweifelt zugleich knallte ich meine Gabel auf den Teller und verließ rasend schnell die Küche. Ich schlug die Tür so kräftig hinter mir zu, dass ich den Eindruck hatte, die Wände würden wackeln. Wäre ich am Tisch sitzen geblieben, hätte ich Tamara vor den Augen meiner Eltern eine Ohrfeige verpasst - obwohl sie ja von nichts wusste.

Heulend lag ich auf meinem Bett. Insgeheim, und das wurde mir in dem Moment klar, hatte ich gehofft, wenn nicht gar gewusst, dass Alex eines Tages mit meiner Homosexualität sehr gut zurecht gekommen wäre. Das Klingeln meines Handys riss mich aus meinen Gedanken. *Miriam ruft an.* Darauf hatte ich nun echt keine Lust. Aber vielleicht könnte mich ein Gespräch, mag es noch so aufwühlend sein, ablenken.

„Ja?"

„Hey, Marc!", grüßte sie mit betretener Stimme. „Ich bin's, Miri. Ich wollte dir mein herzliches Beileid aussprechen."

„Danke!"

„Wie geht's dir denn damit? Also kommst du klar?", fragte sie, als ob sie nicht wusste, wie sie sich ausdrücken sollte.

„Hab ganz schön daran zu knabbern … Mir geht's, um ehrlich zu sein, sehr schlecht."

„Tut mir leid." Sie machte eine längere Pause. „Heute Abend Kino?", fragte sie hoffnungsvoll und ich hatte den Eindruck, da sprach nun eine völlig andere Person.

„Wie bitte?", gab ich etwas zornig zurück.

„Ja, ich dachte, Ablenkung kann nie schaden. Es gibt da so einen Thriller …"

„Du bist ein widerliches Weib!", rief ich in den Hörer und warf mein Handy quer durch mein Zimmer. Mir war gleichgültig, ob es dabei zu Bruch gegangen ist oder nicht. Ich versuchte, Miriams Gedankengänge nachzuvollziehen. Wie konnte sie die Annahme haben, dass ich heute Abend mit ihr ins Kino gehen wollte? Ich hatte den Eindruck, dass an diesem Tag alle Mitmenschen durch den Wind waren.

16. „Ich habe mir früher immer einen schwulen Freund gewünscht!"

„Frische Luft soll gegen Kopfschmerzen helfen", sagte Tom zu mir, als wir nebeneinander am Flussufer entlang gingen. Die warme Sonne, die saftig grünen Bäume und das leichte Plätschern des Flusses kamen einfach nicht in Einklang mit meinen Empfindungen. Einige Zeit liefen wir schweigend den Fluss entlang. Wir mussten die gleichen Gedanken gehabt haben.

„Ich bin traurig und wütend zugleich", unterbrach ich das Schweigen.

„Ich weiß. Mir geht's ähnlich, Marc."

„Im Grunde tut er mir sehr leid … Aber nach seinem Auftritt am Freitagabend … Ich hätte nicht gewusst, wie ich Alex heute morgen vor die Augen hätte treten können. Was glaubst du, wie es weitergegangen wäre?", fragte ich schließlich und hoffe auf eine ehrliche Antwort.

„Schwer zu sagen … Alex ist ein sehr oberflächlicher Typ gewesen. Aber er war ein toller Kumpel. Man konnte sich auf ihn verlassen … Wahrscheinlich hätte er noch die nötige Reife erlangt …"

Egoistisch wie ich derzeit war, merkte ich gar nicht, dass Tom den Gedanken an Alex mindestens genauso belasten musste wie mich. Mir half seine Gegenwart insofern, als wir beide einen großen Verlust zu verarbeiten hatten. Bislang wurde ich noch nie mit dem Tod eines so nahen Angehörigen konfrontiert. Selbst auf einer Beerdigung war ich bisher noch nicht. Und der Gedanke daran ließ mich nach Luft schnappen.

„Gehst du auf die Beerdigung?", fragte ich Tom.

„Nein, sie findet im allerkleinsten Familienkreis statt."

Ich war etwas erleichtert.

Mehr als eine Stunde gingen wir am belebten Flussufer spazieren, hörten Kindergeschrei und wichen schnellen Fahrradfahrern aus. Mit Tom hatte ich mich noch nie so gut verstanden wie gerade jetzt. Ich fragte mich ernsthaft, ob er nicht mein bester Freund war und ist.

Ich vernahm laute Motorengeräusche, die mich aus dem Schlaf rissen. Vor dem Haus kam Alex mit einem schwarzen Golf vorgefahren. In T-Shirts und Shorts rannte ich auf die schwach beleuchtete Straße zu Alex. Er stellte den Motor ab und stieg lachend aus.

„Steig ein!"

„Ich ... ich ... dachte, du wärst ..."

„Tot?" Alex lachte schallend. „Never! Das sind blöde Gerüchte, denen die Leute Glauben schenken."

Er kam, wie immer stylisch gekleidet, um das Auto zu mir und öffnete die Beifahrertür.

„Steig ein!"

„Ich muss mir erst was anziehen."

„Ach, Unsinn! Wir fahren in einen Schwulen-Club. Du sollst da jemanden aufreißen."

Alex kam langsam auf mich zu, berührte zärtlich meine Wangen und gab mir einen wilden Kuss.

Abrupt richtete ich mich auf ... Alles war ruhig und dunkel in meinem Zimmer. Ich musste meine Gedanken ordnen: Ich hatte geträumt und Alex lebte ... Nein, er war tot. Ich spürte stechenden Schmerz in meiner Stirn. Da bemerkte ich, wie meine Mutter durch den Türspalt linste.

„Marc?", flüsterte sie. „Kann ich reinkommen?"

Ich nickte. Für Worte war ich nicht imstande. Sie setzte sich auf die Bettkante und aktivierte meine Nachttischlampe.

„Ich mache mir Sorgen, Marc. Du scheinst krank zu sein."

„Alex ist tot", sagte ich.

„Was? Wie? Wie kann das denn sein?"

„Autounfall. Der Junge mit dem Auto seines Vaters. Gestern in der Zeitung." Ich war unfähig, vollständige Sätze zu sprechen. Wichtig war nur, dass sie es verstand.

„Und du trauerst ... Jetzt wird mir auch klar, warum dich Tamaras Äußerung gestern so aufgeregt hat."

„Ja."

„Marc, das tut mir unendlich leid", merkte sie an und versuchte dabei, möglichst mitleidsvoll zu klingen. Aber ich wusste, dass es, wenn es aus ihrem Mund kam, nur eine Floskel war. Zumindest hatte sie von nun an auf der Arbeit genug Stoff, um aus dem tragischen Unfall eine reißerische Story zu entwickeln.

Wieder betastete sie meine Stirn.

„Ich hab kein Fieber!", sagte ich. Mir wurde schwindelig, weil unvermittelt auch David wieder in meinen Vorstellungen auftauchte. Obwohl ich ihn nur flüchtig kennengelernt habe, hatte er emotionale Spuren in meinem Herz hinterlassen. Und Alex hatte gleich ein riesiges Loch hineingebrannt – sowohl mit seinem Verhalten als auch mit seinem Tod.

„Warst du in ihn verliebt?", fragte meine Mutter plötzlich und ich musste an mich halten. Auf diese Frage, die ich zunächst verstehen musste, war ich absolut nicht vorbereitet. Präzise überlegte ich mir jedes Wort, das ich ihr sagen wollte.

„Nein. Er ist ...war doch ein Junge."

Meine Mutter lächelte und schüttelte den Kopf.

„Als ob ich als Mutter nicht längst bemerkt hätte, dass dir ein Junge an deiner Seite fehlt."

Mit runzelnder Stirn starrte ich sie an.

„Was ist? Ich habe das schon seit geraumer Zeit geahnt", sagte sie lächelnd.

Ich schaute sie immer noch fragend an.

„Also, es war vor drei Monaten. Ulrike sprach mich auf deine Freundinnen an. Ich sagte die Wahrheit, dass du noch kein Interesse hättest. Daraufhin meinte sie, dass du ja schwul sein könntest. Und mir kam der Gedanke daran so logisch vor."

„Wieso?"

„Ich kann es mir nicht erklären. Vermutlich deshalb, weil ich mir als Teenager immer einen schwulen Freund gewünscht habe, der mit mir shoppen geht, mich beraten oder bei dem ich mich hemmungslos ausheulen kann. Ich verstehe Mütter nicht, für die eine Welt zusammenbricht, wenn sich ihr Sohn outet."

Ich erkannte meine Mutter kaum wieder. Ist sie das überhaupt oder ist alles wieder ein Traum?

„Nur, Marc, eins muss ich dir sagen: Sag Papa nichts davon. Er hätte kein Verständnis."

Da war ich ihr etwas voraus. Dennoch fragte ich: „Wieso?"

„Weil Männer in der Hinsicht immer etwas länger brauchen, um es zu verstehen und zu akzeptieren."

„Er weiß es aber!", lachte ich. „Seit Samstag!"

„Was? Ach b… Und wie kam es dazu?"

„Da lief eine Talkshow mit einem schwulen Pärchen … Ja, und ich habe mich geoutet, als er gekocht hat", antwortete ich.

„Das verstehe ich nicht. Ich kenne deinen Vater nicht mehr…", sagte sie nachdenklich.

17. „Hey Schwuchtel"

Mittwoch, 14 Uhr, fand die Beerdigungsfeier für Alex statt. In Gedanken war ich dabei, doch ich lenkte mich durchs Internet ab und gab in die Suchmaschine den Namen des Krankenhauses ein, in dem ich gelegen hatte. Schnell versuchte ich mehr über das Personal zu erfahren, doch dazu fand ich keinen einzigen Link. Ohne mir es vorgenommen zu haben, suchte ich sämtliche Fotos nach Krankenpflegern durch. Genauer gesagt suchte ich nach einem ganz bestimmen Krankenpfleger. Er wäre derzeit eventuell der Einzige, der mit helfen konnte, mich aus meinem Tief herauszuholen. Zwar war ich froh, dass das Coming-out bei meinen Eltern so gut verlaufen war, aber in meiner derzeitigen Verfassung konnte ich mich einfach nicht über ihre Reaktionen freuen. Sicher war, dass mir ein Stein vom Herzen gefallen war. Ich gab die Suche nach David auf und traute mich endlich, auf eine Seite für „Einsame schwule Herzen" zu gehen. Registrieren? Nein, ich schaute mich erst einmal um, da ich nicht wusste, ob die Seite seriös war.

Das Wetter schien kurz vor Ferienbeginn vielversprechend zu sein und uns die Vorfreude auf die lang ersehnte freie Zeit zu versüßen, doch ich wollte vom Schulleben abgelenkt werden – nicht von Alex, sondern viel mehr von David. Meine Emotionen hatte ich nie so stark gespürt wie in der letzten Zeit. Seitdem ich David begegnet war, bekam ich häufig einen Stich ins Herz, nur weil ich an ihn dachte – und mir keine plausible Strategie einfiel, ihn wiederzusehen. Warum war ich nicht noch am Vormittag meiner Entlassung kurz zu ihm gegangen? Vielleicht wäre dann ja der Schmerz jetzt noch größer. Als ich den Schulhof betrat, kam Tom mit besorgter Miene auf mich zu.

„Marc, bitte geh wieder!", sagte er nervös.

„Was ist denn?", fragte ich ahnungslos.

„Die Zehner …."

Und schon sah ich hinter Tom vier Schüler aus der zehnten Klasse auf uns zukommen. Alle schauten mich mit finsterem und zugleich grinsendem Gesichtsausdruck an. Und ich ahnte Übles.

„Hey Schwuchtel!", rief mir der schwarzhaarig Gelockte zu. „Magst du etwas mit mir machen?"

Ich ignorierte sie, auch wenn ich mich innerlich über sie aufregte und jedem einzelnen die Zähne ausschlagen hätte können, doch wollte ich mir meine Finger nicht schmutzig machen. Tom schien mir auf dem Weg zum Klassenzimmer Deckung geben zu wollen. Die Zehner blieben jedenfalls stehen und riefen etwas hinter uns, was ich glücklicherweise nicht verstehen konnte.

„Es gibt solche Typen, Marc", sagte Tom in einem mitleidsvollen Ton.

„Ich weiß. Nur weiß ich nicht, woher sie das wissen", erwiderte ich etwas zornig.

Tom machte große Augen, sofern ich sie unter seiner Mähne erkennen konnte.

„Du … ich habe wirklich dicht gehalten. Ich vermute, dass ist das Erbe von Alex."

Da ich jetzt ganz bestimmt nicht Alex in einem noch finsteren Licht sehen wollte, schon gar nicht einen Tag nach seiner Beerdigung, vertiefte ich das Gespräch nicht weiter. Ich bereitete mich vielmehr auf die Blicke meiner Klassenkameraden vor, die mich gleich anstarren werden würden. Bevor ich die Klasse gemeinsam mit Tom betrat, hatte ich tief Luft geholt. Mir mussten andere Meinungen und blöde Reaktionen gleichgültig sein. Noch nie hatte ich Wert auf die Meinungen anderer über mich gelegt und dennoch könnte ich dem Schwuchtel-Rufer von eben ein paar aufs Maul hauen. Ich betrat die Klasse und scheinbar war alles wie jeden Morgen: Lethargie und einige Gespräche, aus denen ich die Worte „Klingeltöne", „Nagellack" und „Shoppen" heraushören konnte. Es ging wohl nicht um mich und meine schwule Orientierung. Eine Erleichterung überkam mich. Nun war ich fest entschlossen, mich in meiner Klasse garantiert nicht zu outen. Derzeit hatte ich die Nase voll von Coming-outs und der Ungewissheit, wie meine Mitmenschen reagieren werden.

Die Deutschstunde wollte und wollte nicht vergehen. Ungeduldig rutschte ich auf dem Stuhl hin und her und bemerkte, dass mir der Schweiß auf der Stirn stand. Tom schaute mich von der Seite an und fragte, ob es mir gut ging.

„Ja, ja!", erwiderte ich kurz, obwohl mir zunehmend übler wurde. Zugleich wurde mir schwindelig, die Klasse drehte sich, die Stimme des Lehrers war nur noch ein Echo.

Ein grelles, kleines Licht schoss in meine Augen. Beschwerlich hob ich meine Hand, um meine empfindlichen Augen zu bewahren. Erst dann wurde mir klar, wo ich eigentlich war und wer mir da in die Augen leuchtete. Nicht schon wieder, dachte ich. Krankenhausgeruch stieg mir in die Nase. Zugleich verspürte ich einen Hoffnungsschimmer, den ich mir in dem Augenblick kaum erklären konnte, denn ich lag ja aus einem mich beunruhigendem Grund wieder in der Klinik.
Ich vernahm die Stimme des behandelnden Arztes.
„Ich denke, Sie können morgen wieder nach Hause", sagte er hoffnungsvoll. Es war ein fülliger Mann, dessen kleines Taschenlämpchen in seinen Wurstfingern kaum erkennbar war. Sofort assoziierte ich ihn mit der pummeligen Krankenschwester: Sie könnten Geschwister sein.
„Was heißt das?", fragte die Stimme meine Mutter. Sie stand wohl neben mir, aber außerhalb meines Blickfeldes.
„Ein Kreislaufzusammenbruch. Junge Menschen können dem Wetter genauso gut zum Opfer fallen wie ältere. Aber es besteht keinerlei Anlass zur Beunruhigung."
„Aber Sie haben ihn nicht mal ordentlich durchgecheckt", warf meine Mutter mit leicht hysterischem und vorwurfsvollem Ton ein. „Womöglich hat er was Schlimmes. Untersuchen Sie mal sein Blut ... Machen Sie mal einen HIV-Test!"
Ich ballte unwillkürlich meine Hände zu Fäusten. „Mama!", sagte ich.
„Warum? Sie haben das nicht zu entscheiden!", erwiderte der Arzt etwas gereizt.
„Er ist aber schwul und wer weiß ..."
Zwar fiel es mir schwer, aber ich schüttelte meinen Kopf, nicht, um meiner Mutter in ihren Worten Einhalt zu gebieten, sondern um

meiner Enttäuschung Ausdruck zu verleihen.

Der Doktor sah sie missbilligend an.

„Also, Frau Reißer! Ich glaube, Ihr Sohn kann sich selbst äußern, wenn ihm was am Herzen liegt. So, ich muss weiter."

Er winkte mir kurz zu und verließ schweigend das Zimmer.

„Was sollte das?", platzte es aus mir heraus.

„Ach, Marc. Ich mache mir einfach Sorgen. Ich weiß ja nicht, mit wem du dich in deiner Freizeit umgibst. Und jetzt, wo ich weiß, dass … Natürlich mache ich mir seitdem mehr Sorgen."

Irritiert sah ich sie an.

„Du hast es aber so locker aufgenommen."

„Ja … Nein … Marc … Einen schwulen Freund an meiner Seite habe ich mir immer gewünscht. Aber dass mein einziger Sohn auf Männer steht, ist doch nicht so leicht für mich, jetzt, nachdem du mir meinen Verdacht bestätigst hast."

„Verdacht? Das klingt schon so nach kriminellen Umfeld."

Ich merkte mir jedes einzelne Wort und scheinbar brachte mich jede ihrer Äußerungen zu meinem impulsiven Verhalten, das in mir aufzusteigen drohte. Doch statt auf mich einzugehen, setzte sie weiterhin ihre scheinbar mütterlichen Sorgen fort.

„Dein Vater findet das alles ganz okay. Du solltest schließlich glücklich werden, egal mit wem. Dabei scheint er die Risiken völlig außer Betracht zu lassen. Deiner Tante Gabi wollte er es sogar schon auf die Nase binden. Da habe ich ihm aber Einhalt geboten und …"

„Moment!", unterbrach ich sie. „Soll das heißen, du willst es vor aller Welt geheim halten?"

„Aber sicher, Marc! Nicht einmal deine Freunde dürfen es wissen! Sie erzählen das ihren Müttern und dann macht es die Runde."

„Mach, dass du rauskommst! Du kotzt mich an!", sagte ich mit Bedacht aus, ohne zumindest in der Tonlautstärke die Raison zu verlieren.

„Wie bitte? Wie sprichst du denn mit deiner Mutter?"

„Wie es sich gehört. Und jetzt hau ab, sonst rufe ich eine Krankenschwester um Hilfe."

Mit verbittertem Gesicht, das sie beinahe äußerlich zehn Jahre älter aussehen ließ, verschwand sie. Sie scheiterte bei dem Versuch, die Tür hinter sich zuzuknallen, was ihrem Abgang eine unfreiwillige Komik gab.

Es war wieder friedlich im Zimmer. Meine Gedanken drehten sich komischerweise nicht um meine Mutter, deren Fassade eben in sich zusammengefallen war, sondern um David. Alles erinnerte mich hier an ihn. In der utopischen Hoffnung, dass er gleich ins Zimmer kommen und sich besorgt nach meinem Empfinden erkundigen wird, drehte ich den Kopf zum geöffneten Fenster und blickte hinaus. Ich vernahm Vogelgezwitscher. Auch sie schienen hier am Krankenhaus eine ganz andere Melodie zu singen, wie ich ein zweites Mal bemerkte. Dieser Gesang erinnerte mich ebenfalls an David. Ach, David!

18. Ein Wiedersehen!

Demotiviert stellte ich fest, dass ein neuer Tag anbrach. Lustlosigkeit spürte ich in all meinen Gliedern – und in meinem Kopf. Über nichts mochte ich nachdenken, einfach nur liegen und nichts tun. Gleich würde ich mein Frühstück einverleiben. Vielleicht kann mich ja das Pummelchen aufbauen, das mich wieder „Schäflein" nennen wird. Diesen Kosenamen, den ich einst noch albern fand, würde ich lieber aus dem Mund eines anderen Menschen hören …

Meine Uhr sagte mir, dass es erst 7 Uhr war. Ich schloss die Augen, doch das hereinfallende Sonnenlicht störte mich. Ein Gedanke setzte sich in meinem Gehirn fest: Ich wollte nicht mehr schwul sein. Warum konnte ich nicht hetero sein?

Solche Gedanken erschraken mich … Will ich das wirklich? Nach alldem, was in den letzten Tagen passiert war, wünschte ich mir nichts sehnlicher als das. Meine homosexuellen Gefühle hatten mich in einen unerreichbaren, sicherlich heterosexuellen jungen Mann einseitig verlieben und mich fühlen lassen, wie sich Liebeskummer anfühlt. Sie haben dafür gesorgt, dass ich mit Alex einen hässlichen Streit hatte, kurz bevor er für immer von dieser Welt gegangen war. Und nicht zuletzt waren sie verantwortlich für die Auseinandersetzung mit meiner Mutter.

Andererseits musste ich zugeben, dass es ist schön war, verliebt zu sein. Ein wenig Sehnsucht zu haben, stärkte mich in besonderer Weise – war es die latente Hoffnung auf ein unwahrscheinliches Zusammenkommen mit David? Man musste auch sagen, dass sie mein Verhältnis zu meinem Vater und zu Tom positiv beeinflusst hatten.

Ich hörte, wie die Tür geöffnet wurde und erwartete das Pummelchen. Doch ich traute meinen Augen kaum, denn David kam mit einem Tablett hinein und legte ein bezauberndes Lächeln auf. Dass sich mein Gesicht so schnell erröten konnte, war für mich eine Überraschung. Verlegen kratzte ich mich mit meinen beiden Händen an den Wangen.

„Guten Morgen, Marc!", rief er gut gelaunt.

Er kannte meinen Namen, was mich direkt noch verlegener machte. Eine Begrüßung bekam ich nicht zustande. Das Tablett abstellend, fragte er mich nach meinem Befinden und ob ich wieder einmal mit dem Fahrrad zu schnell unterwegs gewesen sei.

„Nein, nein! Es war ein Kreislaufzusammenbruch." Ich schluckte kräftig, weil er mir direkt in die Augen blickte.

„Oh, Kreislaufzusammenbruch? Überanstrengt?"

Seine Besorgnis rührte mich geradezu, obwohl ich wusste, dass er zu den Krankenpflegern gehörte, die jedem Patienten ein wenig Aufmerksamkeit widmeten.

„Kann sein. Ich weiß es nicht!" Meine mir leer scheinenden Antworten befriedigten mich nicht. Ich versuchte verzweifelt in meinem Gehirn nach passenden Worten und Sätzen zu suchen, doch Davids Anwesenheit machte dies unmöglich.

„Dann guten Appetit. Trink viel Wasser! Bis später!"

Ohne dass ich etwas erwidern konnte, verließ er den Raum und ging vermutlich seiner routinierten Tätigkeit nach. Ein wunderbarer junger Mann – zu dem plötzlich eine gewisse Distanz bestand. Dies lag nicht etwa an der Nicht-Unterhaltung mit ihm, sondern vielmehr daran, dass ich in der Rolle des Patienten und er in der Rolle des Krankenpflegers steckte, was selbst eine bloß freundschaftliche Annäherung unmöglich machte. Der Liebeskummer in mir wuchs und vermied, dass ich mein Frühstück anrührte. Stattdessen trank ich nur Wasser.

Das sommerliche Wetter verleitete mich im Krankenhauspark spazieren zu gehen. Es war dort allzu deprimierend zu sehen, wie sich viele kranke Menschen, jung oder alt, hier draußen nach frischer Luft sehnten. Kaum hatte ich ein wenig Sonne getankt, ging ich in den Aufenthaltsraum, um mich nach etwas Lesestoff umzuschauen. Ich konnte es kaum fassen, dass dort meine Mutter saß und in ein Boulevard-Blatt schaute. Sie hob den Blick und sah mich an.

„Da bist du ja. Du, Marc! Ich habe die ganze Nacht wach gelegen."

„Wieso? Wegen mir ja bestimmt nicht", gab ich kühl zurück. Wut verspürte ich keine mehr in mir. Ich fühlte mich zu erschöpft, um dieses Treffen auf einen Eklat hinauslaufen zu lassen.

„Dass du mich gestern aus dem Zimmer geworfen hast, fand ich einfach übertrieben. Ich mache mir doch bloß Sorgen."

Ich mochte nicht antworten, ließ sie erst mal aussprechen. Aber ihr Wortschwall, den ich erwartet hatte, trat nicht ein.

„Ich habe hysterisch reagiert … Das gebe ich zu. Aber du musst auch verstehen, dass ich meine Zeit brauche, um mit dieser Situation klarzukommen."

Sie schwieg und schaute auf ihr Blatt. Sie legte es zurück auf den Tisch und stand auf.

„Ich muss zur Arbeit, bin eh zu spät dran. Falls du heute wirklich entlassen werden solltest, holt dich dein Vater ab. Ruf ihn dann an. Er hat ja ohnehin den ganzen Tag Zeit. Bis heute Abend vielleicht."

Sie nahm ihre Handtasche und verließ eiligen Schritts die Klinik.

Erneuter Schwindel benebelte meine Sinne – die Neonlichter an der Decke schienen allesamt zu flimmern. Ich stützte mich an der Wand ab und konzentrierte mich darauf, wach zu bleiben und nicht erneut zusammenzubrechen. Ein Frühstück hätte dieses Gefühl wohl verhindert … Jemand fasste meinen Arm und setzte mich auf einen der Stühle im Aufenthaltsraum.

„Setzen Sie sich. Fehlt Ihnen was?", vernahm ich die junge Stimme einer Krankenschwester.

„Ja, ich habe nicht gefrühstückt."

„Ich bring Sie auf Ihr Zimmer", sagte sie und versuchte mich zu stützen, was dieser doch zierlich scheinenden Krankenschwester kaum Mühe zu machen schien. Ich teilte ihr meine Zimmernummer mit und wenige Minuten später frühstückte ich ohne Hungergefühl.

19. Reue

Unzufriedenheit machte sich in mir breit. Ich hatte mein Zimmer zu Hause so satt wie noch nie. David hatte ich nur am Morgen gesehen. Zu gerne hätte ich ein richtiges Gespräch mit ihm angefangen, doch dies schien mir nicht möglich. Nun war er erneut unnahbar, weit weg, und ich verspürte einen in mir aufkeimenden Zorn auf mich selbst.

„Warum? Warum?", fragte ich mich und schlug mit der Faust auf meinen Schreibtisch. Direkt danach warf ich sämtliche Schulbücher durch mein Zimmer. Ich hatte die Chance gehabt, redete ich mir immer wieder ein. Zwar ging ich davon aus, dass David auf Frauen stand, doch hätte mich interessiert, ob und welches Verhältnis er zu Homosexuellen hatte. Da er einen sehr humanen Eindruck auf mich zu machen schien, glaubte ich, dass er damit keinerlei Probleme hatte. Mit diesem Bild von David könnte ich leben – wäre es anders, könnte mich das verletzen. Vielleicht war es besser, ihn nie mehr wiederzusehen, nie wieder mit ihm zu reden, damit ich mein positiv konstruiertes Bild von ihm behalten konnte.

Schon wieder zu viele Gedanken, zu viele Emotionen. Ich war

froh, als ich Toms Stimme an meiner Tür hörte. Abwechslung konnte ich gut gebrauchen. Er kam hinein.

„Ich wusste nicht, ob ich dich stören kann …“, sagte er unsicher eintretend.

„Doch, natürlich. Du bist gerne willkommen. Ich brauche gerade in dieser Zeit Freunde, die mich verstehen.“

Er betrachtete stirnrunzelnd das von mir angerichtete Chaos, das ich eben verursacht hatte.

„Warst du mal wieder impulsiv?“

„Ach … Eine Laune! Setz dich!“

Er nahm auf meinem Bett Platz. Lange Zeit sagte ich nichts. Man hörte nur leise die Stimmen eines Kinderfilms, den Tamara in ihrem Zimmer schaute.

„Ist was, Marc?“, fragte Tom unvermittelt. „Bist du krank?“

„Ach so, du meinst wegen gestern? Nein, das war nun ein blöder Kreislaufzusammenbruch. Aber mir machte etwas anderes zu schaffen.“

„Was denn?“, fragte Tom.

Ich dachte kurz, aber intensiv darüber nach, ob ich ihm von David erzählen sollte. Aber nach meinen Erwägungen kam ich zu dem Schluss, dass kein Argument dagegen sprechen würde, jedenfalls nicht bei Tom.

„Tom, es ist so: ich habe mich in einen Krankenpfleger verliebt.“

„Ach wie schön … Beziehungsweise … Ist er auch … also schwul?“

„Das weiß ich eben nicht“, erwiderte ich ungeduldig. „Er scheint mir so unnahbar. David war es ja, den ich angefahren habe, weshalb ich das erste Mal ins Krankenhaus musste.“

„Ach, ich verstehe. Ich weiß, wie es ist, einseitig verliebt zu sein. Auch Linda, in die ich wie verrückt verschossen war, hat mir keinerlei Chance gegeben.“

„Du warst in Linda verliebt?“, fragte ich erstaunt. „Die Linda in unserer Klasse mit den braunen langen Haaren?“

„Ja, wir haben ja nur die eine Linda … Das war letzten Dezember etwa. Ich habe bis vor kurzem noch oft an diese Zeit denken müssen."

„Und wie geht es dir jetzt?" Ich musste unbedingt erfahren, wie er sich aus den Gefühlen des Liebeskummers herausgewunden hatte, es sei denn, er hatte nicht einen solchen Kummer, wie ich ihn derzeit verspürte.

„Es geht mit der Zeit. Aber richtig geheilt ist man nie."

„Ging es dir auch so, als ob du krank wärst?", fragte ich.

„Ja, Liebeskummer ist jedenfalls alles andere als Gesundheit. Ich habe mich damals nicht imstande gefühlt, alltägliche Dinge mit Freude auszuführen, da mich dauernd der Gedanke an sie geplagt hat."

Tom sprach mir tatsächlich aus dem Herzen und ich war erleichtert, dass er ähnlich empfand wie ich. Aber ganz zufrieden war ich mit seiner Antwort nicht, denn ich hätte gerne Genaueres gehört. Liebeskummer ist nun einmal schwer in Worte zu fassen. Allerdings hatte ich insgeheim den Verdacht gehegt, er könnte selber schwul sein, da sich nach meinem Coming-out unsere Freundschaftsbeziehung verbessert hatte und dass er vielleicht in mich verliebt sei. Nun hatte er bewiesen, dass er heterosexuell war – aber eine Alternative dazwischen gäbe es noch …

„Wieso hast du Kummer, wenn du noch nicht von ihm abgewiesen worden bist?", brachte Tom das Gespräch wieder auf David.

Dankbar, dass er die Unterhaltung dahingehend fortsetzte, antwortete ich: „Weil ich mir sicher bin, dass er hetero ist."

Tom schüttelte den Kopf. „Unsinn. Deshalb kannst du keinen Liebeskummer haben. Dich belastet auch, dass du dich outen würdest, wenn du ihm nur irgendwie näher kommen möchtest. Es liegt in deiner Hand."

Toms Analyse meines Innenlebens machte mich nachdenklich. Sein Satz blieb mir noch lange im Gedächtnis. Dass ich in der Tat vor Coming-outs Angst hatte, war mir bewusst, doch wer hatte das nicht? Sollte ich es riskieren?

20. Aufklärung

Ein Lichtblick in diesen Zeiten wäre tatsächlich eine Annäherung an David rein freundschaftlicher Natur gewesen. Angst, Trauer, Reue und Liebeskummer hatten meine Emotionen bestimmt. Wie Tom treffend bemerkt hatte, lag es in meiner Hand, etwas dagegen zu tun. Eine erste Liebe mit David? Vor dem Computer hockend, neigte ich meinen Blick aus dem Fenster und schaute hinaus. Ich malte mir ganz deutlich aus, wie es wäre, wenn ich mit David zusammen wäre. Hand in Hand würde ich mit ihm durch unsere kleine Stadt laufen, ganz egal, was die Leute darüber denken würden. Ich würde ihn bei meinen Eltern in einem feierlichen Rahmen vorstellen. Meine Mutter würde sich ihm gegenüber vermutlich diskret verhalten und mein Vater blieb völlig unbefangen. Und bei Tamara war ich mir nicht ganz sicher. Ich könnte mir vorstellen, dass sie uns beide einfach fragt, ob wir Kondome benutzen. Solche Gedanken waren zwar schön, aber ich glaubte keinesfalls, dass sie in irgendeiner Weise mit der Wirklichkeit zu tun hatten. Es lag in meinen Händen ... Mit jedem unserer Gespräche wurde mir Tom sympathischer. Vor allem offenbarten sie mir auch seine Intelligenz. Bislang war ich stets der Meinung, dass Tom nur in Fußballbegriffen dachte und täglich überlegte, ob er beim nächsten Spiel während des Elfmeterschießens in die linke oder rechte Ecke springen sollte. Nur seine erste Reaktion auf meine Homosexualität konnte ich noch immer nicht einordnen.

Ich fühlte mich heute stärker denn je und vor allem selbstbewusster. Ich musste mit David reden, ich musste einfach. Leider gelang mir keine schriftliche Kontaktaufnahme per E-Mail oder so. Schreiben wäre so viel einfacher, denn dabei brauchte man sich keine Gedanken um Stimme und Versprecher machen. Sprechen und vor allem persönliches Ansprechen eines jungen Mannes, in den man verliebt war, könnte einen in sämtliche peinliche Situationen stürzen. Meine Worte überlegte ich mir jetzt aber nicht genau. Wenn er vor mir steht, wird mir schon einfallen, was ich zu sagen habe. Ohnehin werde ich die Worte, die ich mir aufschreiben würde, nicht explizit vortragen, sollte David vor mir stehen.

Mein Vorhaben wirbelte mich emotional so auf, dass ich Tom anrief. Würde Alex noch leben – und mir steckte schon wieder ein Kloß im Hals, dann würde er mein jetziger helfender Gesprächspartner sein, unter der Voraussetzung, dass er mein Coming-out positiv aufgenommen hätte. Tom kam als einziger Berater in Frage. Mein Vater schied trotz seiner toleranten Haltung komplett aus. Mit meinen Eltern könnte ich niemals ein solch heikles Gespräch beginnen. Kaum hatte ich die Nummer gewählt, schon hörte ich Toms Stimme.

„Hallo, Tom! Sorry, ich wollte dich nicht schon wieder stören, habe aber eine wichtige Frage."

„Ja, schieß los!"

„Du kannst es dir bestimmt denken, oder?", fragte ich in der Hoffnung, dass ich den Namen David nicht aussprechen musste. Etwas in mir bebte immer, wenn ich David laut aussprach und meine Stimme geriet ins Stocken.

„Geht es um David?" Wie dankbar war ich Tom für diesen Satz!

„Ja! Ich will ihn ansprechen."

„Auf was?" Ob Tom unser Gespräch von gestern bereits vergessen hatte?

„Ich bin doch verliebt …", sagte ich mit hemmungsvollem Unterton.

„In wen?", fragte Tom und allmählich kamen mir Zweifel, ob er bei unserer Unterhaltung überhaupt geistig anwesend war, obwohl er durchdachte Sätze formuliert hatte. Da ich bereits sehr aufgewühlt war und mein Herz mir bis zum Hals schlug, verlor ich zunehmend meine Geduld:

„Tom! Stell dich nicht doof."

Er lachte in den Hörer.

„Ach, Marc! Ich wollte doch nur hören, wie du ,David' sagst", erwiderte Tom scheinbar hocherfreut. „Dabei schwingt immer so ein spezieller Unterton mit, als ob es … eine … eine …"

„Was?", rief ich ungeduldig in den Hörer.

„Eine griechische, heilige Götterstatue wäre."

Bei diesem Ausdruck musste ich selbst lauthals lachen. Dass Tom eine Portion Humor in das Gespräch brachte, lockerte meine Stimmung ungemein.

„Findest du?"

„Aber ja, Marc. Was glaubst du, wie ich meine Flamme verehrt habe?"

Plötzlich fiel mir nichts mehr ein. Eine Blockade befand sich in meinem Kopf. Ungeduldig lauschte ich der Stille und wartete, dass Tom was sagte. Dabei handelte es sich nur um Sekunden. Mein Gehör nahm ein vertrautes Niesen vor der Tür wahr.

„Du, Tom, warte mal kurz. Ich glaube, ich werde belauscht."

Ich legte das Handy auf meinen Schreibtisch und öffnete in Windeseile die Tür, damit ich den Lauscher, sofern sich dort einer befand, auf frischer Tat ertappe. Mein Vater stand vor mir und kratzte sich verlegen am Kopf.

„Du … du …", stammelte er und versuchte ein Grinsen aufzusetzen.

„Wir beide müssen mal miteinander sprechen, Marc", sagte er gekünstelt.

Ich zögerte, da ich nicht wusste, was er wirklich wollte. Hatte meine Mutter ihn etwa wieder angestachelt?

„In fünf Minuten", fertigte ich ihn ab, schloss die Tür vor seiner Nase und schnappte mir mein Handy.

„Tom? Ich muss Schluss machen."

„Alles klar. Aber wir müssen noch über deine große Liebe reden."

Die Worte „große Liebe" versetzten mir einen Stich in meiner Brust. Von Verliebtheit war ja bislang leider nur die Rede.

Das Telefonat war beendet und ich bat meinen Vater herein. Mit einem vielsagenden Gesicht kam er herein und setzte sich auf meine Bettkante.

„Marc, wir können es ganz kurz machen. Also, es ist folgendermaßen … Ich habe zufällig mitbekommen, dass du … dass du schon jemanden an der Angel hast. Stimmt das?"

Seine Ausdrucksweise störte mich, obwohl ich wusste, dass er damit bloß versuchte, vermeintlich witzig zu wirken. Offenbar wollten heute alle ihren ganz speziellen Humor in emotionale Unterhaltungen bringen. Nur gelang es meinem Vater im Gegensatz zu Tom nicht.

„Ja, es stimmt", sagte ich und mir fiel es schwer, meine innersten Empfindungen herauszukehren, nachdem Tom die ganze Zeit gebohrt hatte. Betreten schaute ich zu Boden.

„Aber sie wird nicht erwidert?", fragte mein Vater beinahe schon zu mitleidsvoll.

„Das kann ich nicht wissen, weil ich nicht weiß, ob David … ob derjenige auch schwul ist."

Wieso konnte niemand das unangenehm steife Gespräch unterbrechen? Ein Handyklingeln, ein Ruf meiner Mutter oder ein Eindringen meiner Schwester wünschte ich mir herbei. Mein Vater begann mein Kissen zu richten, während er die nächste Frage formulierte.

„Heißt das, du hast noch keine … also keine … na, hilf mir … also keine Berührungen gehabt?"

Ich runzelte die Stirn und ließ mich in meinen Sessel vor ihm fallen. Eindringlich schaute ich ihn an, während er noch immer das Kissen zupfte.

„Was? Jetzt lass mal das Kissen! Was meinst du um Himmels Willen?"

Nach wie vor konnte er sich nicht dazu überwinden, mich anzuschauen. Er blickte auf seine dicken Maurerhände.

„Nun ja. Ich meine Zärtlichkeiten und den Austausch von … von Körperflüssigkeit."

Noch immer verstand ich nicht, woraufhin er hinaus wollte. Ich legte verständnislos den Kopf schief.

„Ach, Marc! Du machst es mir schwer. Ich meine Sex … Hast du?"

Endlich ließ er seinen Worten freien Lauf. Das hätte er direkt so formulieren können. Innerlich musste ich schmunzeln.

„Willst du mich aufklären?", fragte ich, kurz davor, loszulachen.

„Ja! Hör mir zu. Kondome sind furchtbar wichtig. Und weißt du, wie man schwulen Sex macht?", fragte er ernst.

Nun kam der Zeitpunkt, an dem ich im Erdboden versinken wollte. Ich reagierte nicht, sondern ging schweigend zu meinem Rucksack in der Ecke meines Zimmers. Sofort holte ich drei Kondome heraus und präsentierte sie meinem Vater in meiner geöffneten Handfläche.

„Magst du eins?", fragte ich.

„Brauche ich nicht. Bei dir sind die besser aufgehoben."

Er wurde rot und mir war es gelungen, den Spieß umzudrehen.

„Aber Marc, na ja, weißt du auch, wie du, wenn du einen im Bett haben solltest, mit ihm schlafen kannst? In der Schule lernt ihr ja nur etwas über heterosexuellen Sex, oder?"

„Nein, wir haben auch über Homosexualität gesprochen", sagte ich energisch und hoffte, dass er diesen vergeblichen Versuch, mich aufzuklären, endlich abbrach. Andere Väter und auch Mütter hätten diesen peinlichen Versuch längst abgebrochen. Aber er wollte einfach nicht aufgeben.

„Du musst wissen, dass ich eine ganze Menge sexueller Praktiken kenne. Und Schwule haben mindestens genauso viele Methoden, Sex miteinander zu haben wie Heteros. Noch Fragen?"

Erschrocken sah er mich an.

„Und ... und alle mit Kondom?", fragte er unsicher nach.

„Ja, absolut! Und entsprechendes Gleitgel habe ich auch schon."

Unwillkürlich schluckte mein Vater schwer und erhob sich.

„Okay! Marc, du bist sicher. Gewissermaßen hast du die Prüfung bestanden", sagte er, als er sich am Kopf kratzte.

„Ich bin 16!"

„Ich weiß ... als ich 16 Jahre war, spielte ich noch mit Autos."

„So, ich muss telefonieren", sagte ich ungehalten.

„Ist in Ordnung. Ich verstehe."

Endlich bewegte er sich zur Tür. Ich widmete meine Aufmerksamkeit meinem Handy bis er sich wieder zu mir umdrehte. „Rufst du ihn an? Also *ihn*?"

„Nein!", brüllte ich und schnell verschwand er aus meinem Zimmer.

21. Eine unerwartete Wendung

„Mein Vater wollte mich vorgestern aufklären", sagte ich zu Tom, als er in der Pizzeria vor mir sichtlich angestrengt seine Salami-Pizza schnitt.

„Was?", lachte Tom auf.

„Ja, der ist völlig verpeilt. Er hatte auch nicht abgebrochen, als es unangenehm wurde."

„Was hat er gesagt?", fragte Tom neugierig.

„Er meinte, dass Kondome sehr wichtig seien und fragte, ob ich wüsste, wie man als Mann mit einem Mann schläft", antwortete ich mit einem Schmunzeln im Gesicht.

„Oh, mein Gott! Wo kommt er denn her?"

„Nicht aus der heutigen Zeit ..." Ich musste amüsiert auf Toms verzweifelten Schneidebewegungen schauen. Seine Pizza wollte, im Gegensatz zu meiner, einfach nicht geschnitten werden.

„Der Teig ist zäh! Und das Messer ist stumpf", klagte Tom, als er meinen Blick bemerkt. „Und das in diesem Schuppen, der doch so nobel sein soll."

Dass er das Messer seit mehr als fünf Minuten verkehrt herum hielt, verriet ich ihm nicht.

„Schau mal!", sagte ich zu Tom. „Mein Messer gleitet über die Pizza. Deins scheint stumpf zu sein."

„Gleitet? Du sprichst vom Schneiden, als ob es ein lustvoller Akt sei."

„Ach, hör auf, Tom!", winkte ich ab. „Seitdem ich mich bei dir geoutet habe, legst du sämtliche mehrdeutigen Worte auf die Goldwaage. Du hast immer Hintergedanken."

Ich holte ein Feuerzeug aus meiner Hosentasche und zündete die Kerze in der Mitte an. „Die kannst du nachher aus*blasen*!", bemerkte ich demonstrativ.

Tom musste schmunzeln. „Jetzt hör mir aber auf hier."

Nachdem er merkte, dass er sein Messer falsch herum gehalten hatte, drehte er es unauffällig um, in der Hoffnung, dass ich dies nicht bemerkt hatte.

„Dein Freund wird es mal sehr gut haben", sagte er plötzlich.

„Wieso?"

„Weil du ein romantischer Typ zu sein scheinst. Alex hat Kerzen in Restaurants immer auf die Seite gestellt, möglichst weit weg. Und du zündest sie an."

Auch wenn mich die Erinnerungen an Alex schmerzten, war ich immer froh, wenn Tom ihn ins Gespräch brachte. Ich jedenfalls versuchte Alex zu vergessen – jedenfalls den Alex, der was gegen Homosexuelle hatte.

„Soll ich uns einen schönen Rotwein bestellen?", fragte Tom.

Da ich nicht glaubte, dass er das ernst meinte, schaute ich ihn sicherheitshalber an, um seine Absicht richtig zu deuten. Doch sowohl sein Tonfall als auch sein Gesicht schienen hinter dieser Frage keinen Spaß zu beabsichtigen.

„Was?", fragte ich mit gerunzelter Stirn.

Er grinste bloß. „Einen Rotwein. Du hast schon richtig verstanden."

Ich schüttelte meinen Kopf. „Kein Bedarf. Cola reicht!"

Ich widmete mich wieder meiner Pizza und versuchte, Toms Absicht nachzuvollziehen. Rotwein? Wieso fragte er nicht nach Bier? Wieso ausgerechnet Rotwein?

Ich antwortete nicht, sondern schaute nur auf den Teller und die mit der Zeit dahinschwindende Pizza. Mir kam plötzlich der Gedanke, dass er ein Romantiker war. Er hatte eben die Kerze geradezu angestrahlt ... und nun wollte er Rotwein ... Ich konnte es nicht fassen ...

Er wollte heute Abend mit mir hier essen, um einen romantischen Abend zu haben. Liebt er mich? Ich traute mich eine Weile nicht, ihn anzuschauen. Stattdessen überlegte ich, wie ich aus dieser Situation wieder herauskommen könnte. Tom war ein lieber Kerl und ich mochte ihn sehr. Er hatte mir in den letzten Wochen emotional zur Seite gestanden und mir oft unbewusst den Rücken gestärkt. Aber lieben konnte ich ihn nicht. So sollte ich es formulieren. Ich unterbrach die gefräßige Stille an unserem Tisch, um jede aufkommende Hoffnung schnellstmöglich zunichte zu machen.

„Tom, du bist ein sehr guter Freund", begann ich.

Er sah mich etwas erschrocken an, als ob er ebenfalls in Gedanken versunken wäre.

„Danke!", erwiderte er lächelnd.

„Du hast mir in der letzten Zeit oft geholfen, hast mir den Rücken gestärkt ... Aber wir können nur Freunde sein. Ich kann dich nicht lieben."

Gespannt wartete ich auf Toms Reaktion, der mich mit offenem Mund anstarrte. War das Fassungslosigkeit? Er schien betroffen zu sein und zwar derart betroffen, dass mir meine eigenen Worte fast selbst mein Herz zerrissen.

Er begann zu stottern. „Aber ... aber ... Marc! Was meinst du?"

Meine Antwort auf seine fassungslose Reaktion hatte ich schon parat gelegt. „Ich fühle mich geschmeichelt, dass du dich in mich verliebt hast, aber ich kann es nicht erwidern. Es tut mir leid!"

Tom lachte auf. Ich befürchtete das Schlimmste, nämlich, dass sein Lachen mit einem Heulkrampf endete. Doch Toms Lachen hörte sich tatsächlich amüsiert an.

„Oh Mann, Marc! Du bist mir einer ... Wie kommst du denn darauf, dass ich in dich verliebt bin?"

Mir fiel ein Stein vom Herzen. „Bist du nicht?"

„Nein! Aber verrate mal bitte, wie du darauf kommst!" Tom schien noch immer amüsiert zu sein.

„Tom, das ist mir jetzt sehr, sehr, sehr peinlich." Hitze durchzog meine Ohren. Ich konnte sie vor mir sehen, wie sie langsam eine dunkelrote Färbung annahmen.

„Ich habe gedacht, du wolltest dir einen romantischen Abend mit mir machen …", versuchte ich den Faden aufzunehmen. Tom sollte sich jetzt bloß nicht dumm stellen.

Er schüttelte lachend den Kopf. „Nein, nein! Ich bin nicht schwul. Hattest du das ehrlich gedacht?"

Ich nickte schüchtern. „Ja … Eigentlich schon die ganze Zeit. Das heißt, nachdem ich mich bei Alex geoutet habe. Du warst so fürsorglich. Nein, du *bist* es."

Tom strahlte über das ganze Gesicht, als er meine Worte vernahm. „Ich fühle mich bestätigt!", sagte er. „Dein Partner wird es sehr gut haben!"

Das wiederum schmeichelte mir wieder.

„Lass uns anstoßen!", forderte ich feierlich.

Kaum hatte ich mein Glas Cola angesetzt, fiel mein Blick zur Tür. David kam herein und schaute mich an. Unwillkürlich verschluckte ich mich so sehr, dass ich mein Getränk über den Tisch spuckte und lautstark husten musste. Nichts wünschte ich mir sehnlicher als eine Falltür unter mir. Besser wäre ein Traum, aus dem ich aufwachen würde. Wild klopfte mir jemand auf den Rücken. Tom konnte es nicht sein, er saß vor mir … Ich schaute ihn vollkommen verwirrt an. Plötzlich hörte ich Davids Stimme.

„Ist alles gut!"

Rot angelaufen und mit feuchten Augen vom Hustenanfall schaute ich ihn an. „Die … die Salami war so scharf." Etwas Blöderes hätte mir auch nicht einfallen können.

„Wo willst du hin, Tom?", fragte ich ihn verwundert, als er im Begriff war, seine restliche Pizza einpacken zu lassen und sich seine Jacke anzog, die über seinem Stuhl gehangen hatte.

„Ich gehe jetzt mal besser", antwortete er und zwinkerte.

„Danke, Tom!", sagte David.

„Ihr kennt euch?", fragte ich.

„Klar!", erwiderte David, „seit einiger Zeit. Ohne ihn wäre ich jetzt nicht hier."

Sehr einleuchtend … Ich durchschaute beide sofort: Tom in der Rolle des Kupplers. Genial!

Toms Verabschiedung nahm ich kaum noch wahr … Jedenfalls war ich wie in Trance und hatte nur Augen und Ohren für David, für seine Bewegungen, wie er sich vor mich hinsetzte, für seine schönen Hände, die Toms Glas beiseite schoben und nicht zuletzt für seine ehrlichen blauen Augen.

„Ich liebe dich!", kam zaghaft über Davids wohlgeformte Lippen.

Glücklicher als ich konnte man kaum sein. Ich würde es so gern erwidern, doch Tränen der Freude liefen mir sanft über die Wange. Zum Sprechen war ich zunächst nicht fähig, zumal ich auch am ganzen Körper zitterte.

22. Oh lá lá!

Es war absehbar, dass ich nach dem Abend mit David nicht sofort einschlafen konnte. Dennoch hatte ich mich in mein Bett gelegt und die Augen geschlossen. Ich spielte den Abend immer wieder in Gedanken durch, wie einen Lieblingsfilm, den man immer wieder gerne sieht. Ich suchte bequeme Lagen in meinem Bett, lag auf dem Rücken, auf der Seite, auf dem Bauch. Irgendwann musste mich meine Müdigkeit doch überwältigt haben und träumte: David und ich gingen an einem sonnigen Tag Hand in Hand auf einer scheinbar endlosen Wiese spazieren. Dann hielt er kurz an, sah mich an und … In diesem Moment klopfte es an meiner Zimmertür. Ich brauchte einige Sekunden, um mich zu orientieren. Es klopfte erneut.

„Nein, jetzt nicht! Ich schlafe, Mensch!", rief ich ungehalten. Wie ich es hasste, aus einem schönen Traum herausgerissen zu werden!

Trotz meines forschen Abweisens stand Tamara vor meinem Bett.

„Wo ist dein Handy?", fragte sie.

„Hau ab!", sagte ich und zog mir die Decke über den Kopf. Allmählich sank meine Laune, kaum dass ich wach war.

„Wo dein Handy ist, will ich wissen!"

„Das geht dich nichts an!", murmelte ich unter der Decke.

„Vermisst du es nicht?", hakte Tamara nach.

Da mich ihre Quietsch-Entchen-Stimme nervte, antwortete ich knapp: „In meiner Jackentasche!"

„Nein, es liegt in den Händen eines Mannes, der an der Haustür steht und es dir geben will."

„Was?", fragte ich genervt nach und schaute wieder unter der Decke hervor. Tamara nickte wichtigtuerisch. „Wer in drei Teufels Namen?"

„Er heißt David!"

„Was?", schrie ich und warf meine Decke vom Bett. Schneller war ich noch nie von meinem Bett zur Haustür gekommen. Ich hatte heute eine Rekordzeit geschafft! Mir wurde bewusst, dass mein Traum Wirklichkeit war … Aber wie konnte ich mich so täuschen? Da ich keine Zeit zum Nachdenken hatte, stürzte ich zur Haustür. Dort stand er, David. Er lächelte zauberhaft. Mir wurde flau im Magen und es kam mir vor, als würde sich eine Aura um mich hüllen, die meine Sinneswahrnehmungen mit Glückshormonen ausstattete.

„Oh lá lá!", bemerkte David und pfiff. Ich schaute an mir runter. Mir fiel auf, dass ich bis auf ein altes zerlumptes T-Shirt und schwarzen Boxershorts nichts anhatte.

„Entschuldigung, David!", sagte ich peinlich berührt. Er wirkte in seinem Rollkragenpullover geradezu würdevoll in meiner Gegenwart.

„Wofür?", fragte er grinsend.

„Du … du hast mein Handy?", fragte ich. Obwohl ich nicht wollte, dass er wieder fährt, wollte ich die Situation, die mir wegen meiner Blöße so unangenehm ist, schnell hinter mich bringen.

Er holte es aus seiner Hosentasche. „Hier!"

Als ich es annahm, berührte ich kurz zart seine Hand.

„Danke! Magst du auf einen Kaffee bleiben?"

„So eine halbe Stunde habe ich Zeit", sagte David und machte mir diesem Satz eine riesige Freude.

Nachdem ich mich angezogen hatte, setzte ich mich zu David in die Küche.

„So, jetzt bin ich einigermaßen frisch."

„Schade! Ich hätte gerne mehr von dir gesehen!"

Ich stupste ihn auf die Nase. Auch wenn diese flüchtige Berührung sehr kurz und flüchtig war, brannte sie sich doch in mein Gehirn ein. „Das wird noch! Aber von dir habe ich bislang auch nicht viel gesehen."

Er lachte und führte seine Tasse Kaffee zum Mund. Ich beobachtete ihn dabei eindringlich. Seine Bewegungen hatten was von einer unfassbaren Schönheit, die ich nicht in Worte auszudrücken vermag.

Tamara eilte in die Küche und riss mich aus meinen Gedanken – sonst wäre ich nahezu vor ihm hingeschmolzen. Aber irgendwie störte sie, wollte ich doch die Gelegenheit nutzen, ihm zu sagen, dass ich ihn liebte. Sie strebte David an, der sie liebevoll anlächelte. David als Vater, schoss es mir durch den Kopf. Er würde einen perfekten Vater abgeben …

„Bist du sein Freund? Also, ich meine, richtiger Freund?"

Mein Blick hing an seinen Lippen. An seinen herrlichen Augen konnte ich bereits die Antwort ablesen. Er nickte bloß stumm und sah mir dabei intensiv in meine Augen. Mir kam es so vor, als ob unsere Blicke zu einem verschmolzen. Voller Freude schrie Tamara auf und umarmte David.

„Du bist in Ordnung!", bemerkte sie munter, so dass mir angesichts dieser allzu harmonischen Szene beinahe die Tränen in die Augen stiegen. Aber das sollte ein anderes Mal vor Freude passieren.

„Du auch, kleine Schwägerin!", erwiderte David und strich ihr über die langen braunen Haare.

Sie löste sich strahlend aus seinen Armen und schaute mich schmunzelnd an. Ich wusste, dass ihr Blick wieder einen Hintergedanken hatte. Wenn sie so ein Gesicht machte, wurde mir klar, dass sie imstande war, mich bloßzustellen. Davor hatte ich in der Küche in Davids Gegenwart nach der halbnackten Begrüßung die meiste Angst.

„Und Marc?", fragte sie und ihre Augen verrieten bereits eine schelmenhafte Antwort.

„Geh doch besser in dein Zimmer!", antwortete ich und versuchte dabei möglichst streng zu klingen. Ich konnte mir schon denken, dass sie nicht auf mich hörte. Insofern musste ich mich ihrer Bemerkung stellen ... Sag jetzt nichts Falsches, Tamara!

„Du hast ja jetzt einen Freund. Und du hattest Tom mal erzählt, dass du dir Handschellen kaufen willst, wenn du einen hast!"

„Tamara!", ermahnte ich sie und wurde dabei knallrot. Ich wagte es nicht, David anzusehen. Stattdessen schaute ich in ihr frech grinsendes Gesicht.

Als David meine Schulter berührte, zuckte ich unwillkürlich zusammen.

„Hey, Marc! Den gleichen Gedanken habe ich auch schon gehabt", sagte David mit seinem bezaubernden Lächeln und zwinkerte mir zu. Er wollte mich damit wohl nur beruhigen, um mich aus der peinlichen Situation zu retten. Welche Vorstellungen musste er von mir haben? Außerdem ärgerte mich Tamaras Eigenart, dauernd an meiner Tür zu lauschen. Im Grunde müsste ich mich jedoch eher über mich aufregen, da ich Tom einige intime Dinge in Sachen Sexualität verraten hatte ... und auch nur, weil er so offen war und mir im kleinsten Detail von seinen nächtlichen Eskapaden mit seiner ersten Freundin erzählte.

Nachdem Tamara triumphierend die Küche verlassen hatte, zischte ich „Kleine Hexe!".

David näherte sich mit seinem wärmenden Atem meinem Ohr, so dass ich leicht zu zittern begann. „Für wen von uns beiden sind sie denn gedacht?", flüsterte David mir ins Ohr.

23. Neid?

„Mein Sohn hat einen Freund! Kaum geoutet und schon vergeben! Das ging aber schnell!", sagte mein Vater in aller Fröhlichkeit beim
Abendessen. Meine Mutter schaute verhalten auf ihren Teller. Sie hatte
den ganzen Abend kein einziges Wort gesagt. Ich hatte sie längst
durchschaut, spätestens seit dem Moment in der Klinik.

„Jetzt sag doch auch mal was dazu!", forderte er sie auf.

Tamara schaute sie gespannt an und schien ebenfalls von ihrer
Wortkargheit irritiert zu sein.

„Ist toll! Was soll ich denn dazu sagen. Marc hat einen Freund,
was schön ist. Aber es ist sein erster und nicht der letzte!"

Dass sie mich damit kränkte, bemerkte sie nicht. Wenn man
frischverliebt ist und auf Wolke Sieben schwebt, kann man sehr
allergisch auf solche dummen Worte reagieren.

„Ich liebe David. Und ich werde ihn immer lieben, egal, was
kommt."

„Und er dich?", fragte sie schnippisch. „Darauf würde ich mich
nicht verlassen."

Wieso musste sie mir ausgerechnet zu diesem Zeitpunkt Zweifel
machen? Am gleichen Morgen fiel ich vor Freude aus allen Wolken und
war nie glücklicher – und dann musste sie mit solchen dunklen Wolken
meinen strahlend blauen Himmel zerstören, als ob ich nicht selbst
schon Zweifel genug hätte. Genau diese wollte ich aber heute nicht
zum Zuge kommen lassen! Mein Vater schüttelte angesichts ihrer
Bemerkung lediglich den Kopf und schien sich mit ernster Miene
seinem Brot zu widmen.

„So, ihr Lieben!", unterbrach meine Mutter das familiäre Schweigen und steckte sich noch eine Gewürzgurke in den Mund, „ich muss
los! Ich gehe mit Ulrike ins Kino!"

Kaum hatte sie den Satz beendet, war sie schon aufgestanden und
aus der Küche verschwunden. Ein Seufzen entfuhr meinem Vater. „Sie
hat einen anderen!", sagte er bedrückt.

„Was?" Ich konnte das einfach nicht glauben. „Wieso? Seit wann? Wen?"

Tamara blieb ihr Brötchen beinahe im Hals stecken.

„Seit einigen Wochen. Ihre Launen sind nicht deine Schuld, Marc, das kannst du mir glauben. Es ist Ulrikes Bruder. Dieses geschminkte Weib wollte ihren Bruder verkuppeln – mit einer verheirateten Frau zweier Kinder. Tja ..."

„Und sie ist jetzt zu ihm?", fragte ich.

„Ich vermute schon ... Wobei es mir auch egal ist. Sie scheint mit ihm auch nicht so richtig glücklich zu sein. Du hast ja gemerkt, wie sie auf deine harmonisch anmutende Geschichte mit David reagiert hat. In ihrer Gegenwart darf niemand glücklich sein, sonst wird sie neidisch, selbst auf ihren eigenen Sohn." Traurig blickte mein Vater auf seinen Teller und schüttelte leicht den Kopf.

Das mussten wir erst mal verarbeiten, vor allem meine kleine Schwester.

„Und gestern", sagte mein Vater nach einer kurzen Pause, „habe ich die Scheidung eingereicht."

24. Viele Fragen

„Jetzt grins nicht so doof!", forderte ich Tom auf, nachdem er mir die Tür geöffnet hatte. Im Grunde bin ich eher selten bei Tom zu Hause, da ich den Putzmittelgeruch des Mehrfamilienhauses nicht mochte. Doch seitdem ich mit dem Krankenhaus wohltuende Gedanken assoziierte, hieß ich den Geruch des Treppenhauses herzlich willkommen – und schon wieder dachte ich an David, wie er vor mir meinen frisch aufgebrühten Kaffee trank.

„Lass mich doch grinsen!", erwiderte Tom. „Komm rein!"

Schon begrüßte mich seine Mutter, die mit einem Kochlöffel aus der Küche trat. Sie wirkte trotz ihrer Kittelschürze sehr modern – das lag wohl an ihrem selbstbewussten Auftreten und ihrer Größe. Zudem wirkte sie keineswegs wie Ende 40, sondern durch ihre schwarz glänzenden langen Haare jugendlich. Dass sie derweil dabei war, den Tisch zu decken und das Essen zuzubereitete, passte dennoch zu ihr.

„Magst du mitessen, Marc?", fragte sie. „Du bist zur Feier des Tages herzlich eingeladen."

Etwas irritiert nahm ich die Einladung gerne an, denn der Duft der kochenden Tomatensauce kroch in meine Nase und löste Appetit aus. Sie ging wieder in die Küche zurück. „Zur Feier des Tages?", fragte ich Tom leise. „Weiß sie etwa…?"

Tom nickte. „Natürlich! Sie weiß, dass ich dich mit … mit meinem Cousin verkuppelt habe."

Es dauerte etliche Sekunden, bis ich begriff, was Tom da eigentlich gesagt hatte. „Was?", schrie ich und erschrak vor meiner Lautstärke.

„Ich dachte, David hätte dich über die verwandtschaftlichen Verhältnisse aufgeklärt. Oder meinst du, ich hätte dich mit einem mir wildfremden jungen Mann verkuppeln können?"

„Wir hatten andere Themen bevorzugt an dem Morgen nach dem Essen."

„Süß!", rief Toms Mutter aus der Küche.

„Sie liebt schwule Männer!", lachte Tom auf. „Also sei ganz locker!"

Er schob mich langsam Richtung Küche.

„Aber Tom", musste ich schnell noch loswerden, „bitte sieh zu, dass sie mir keine peinlichen Fragen stellt. Meine Schwester macht das schon zur Genüge."

Tom verdrehte die Augen. „Kein Problem! Nur lass uns jetzt bitte in die Küche gehen."

Das schöne Wetter lud geradezu zu einem Aufenthalt ins Freie ein. Im nächstgelegenen Straßencafé verdauten Tom und ich das üppige Essen und tranken einen Cappuccino. „Wie findest du die Bedienung, Marc?"

„Den hellblonden Kellner?", fragte ich, wobei ich nicht verstand, worauf er hinaus wollte.

„Ja ... wobei ... ich sehe nur einen braunhaarigen Kellner. Die anderen sind weiblich", sagte Tom sich umschauend.

„Siehst du, ich schaue nicht nach anderen Männern, weil ich David habe!", erwiderte ich und zwinkerte ihm zu. Dabei musste ich an Davids zauberhaftes Zwinkern denken.

„David ist wirklich dein Cousin?" Ich wollte wissen, wie er mich verkuppelt hat.

„Ja, natürlich! Du musst wissen, dass er mir nach deinem Krankenhausaufenthalt nach dem Fahrradunfall eine Mail geschrieben hat. Folgender Wortlaut." Tom kramte in seiner Hosentasche und zog ein mehrmals gefaltetes Blatt aus der Tasche und reichte es mir.

Ich nahm das zerknitterte Blatt gierig an und verschlang die Nachricht:

Hey Lieblingscousin,

Ich weiß nicht, wie ich anfangen soll, aber es scheint passiert zu sein. Erstmals nach drei Jahren scheine ich Gefühle für jemanden zu empfinden. Du kennst ihn wahrscheinlich nicht, aber er sieht einfach scharf aus, rattenscharf! Er hat mich mit seinem Fahrrad angefahren und schon da bemerkte ich mein rasendes Herzklopfen. Mir wurde sogar die Ehre zuteil, ihn in meiner Klinik wiedersehen zu können. Aber nur kurz ... Dabei habe ich auch seinen Namen in Erfahrung bringen können: Marc Reißer. Er müsste in deinem Alter sein, ich kann mich aber auch täuschen. Also dann, wollte dir das nur schnell mitteilen. Entschuldige meinen Wortschwall, aber ich habe seit langem wieder Hoffnung. In seinen Blicken lag offensichtliche Bewunderung für meine Person. Ich hoffe, ich habe bald Neues zu berichten. Mach's gut!

LG David

Ich musste beim Lesen mehrmals schlucken. Vor allem war mir unangenehm, dass er meine Verliebtheit schon bei unseren ersten Begegnungen wahrgenommen hatte – in der Zeit, in der ich mich noch mit meiner Homosexualität gequält hatte. Aber irgendwas passte hier nicht zusammen, irgendwie wurde ich misstrauisch. Ich runzelte ernst die Stirn.

„Ist was?", fragte Tom.

„Ja … deine Reaktion … Aus der Mail geht hervor, dass du schon wusstest, dass er schwul ist."

„Ja, ich weiß das seit fünf Jahren. Meine Mutter und ich hatten nie ein Problem damit."

Ich konnte Toms Worten keinen Glauben schenken: Die Szene, in der er höchst empört auf mein Coming-out reagiert hatte, schoss mir durch den Kopf.

„Ich verstehe dich nicht, Tom! Warum bist du bei mir so ausgerastet, als ich gesagt habe, dass ich schwul bin?" Ich schaute ihn eindringlich an und hegte die Hoffnung, dass er dafür eine plausible Erklärung hatte, denn schließlich hätte ich ihn ernsthaft verletzen können.

„Marc, ich bin froh, dass du danach fragst." Tom musste grinsen, legte jedoch in Sekundenschnelle wieder eine ernste Miene auf. „Das ist ganz einfach: Ein sehr, sehr guter Freund von David hat bei seinem Coming-out vor fünf Jahren ebenso empört reagiert wie ich. Und ich war damals dabei. Ich wollte einfach sehen, wie du im Gegensatz zu David reagieren würdest. David mag zwar stark erscheinen, aber er reagierte auf die Empörung seines Freundes zunächst nur mit Schweigen. Er hat sich beschimpfen lassen mit den übelsten Ausdrücken. Blitzartig erhob sich David und scheuerte ihm eine ins Gesicht. Ich habe David danach getröstet. Und als du dich geoutet hast, wusste ich dank seiner Mail schon, dass du schwul bist. Ich habe mir geschworen, mich genauso wie Davids Freund aufzuführen, wenn du dich mal eines Tages bei mir outen solltest. Wie wir wissen, musste ich nicht lange darauf warten."

Noch immer war ich irritiert: „Dafür hast du diese schallende Ohrfeige in Kauf genommen?"

„Und ich habe dich verletzen müssen, nur damit ich diesen Vergleich anstellen konnte. Es war ja genau die gleiche Situation: Davids

Zimmer, Konsole und dann das Coming-out … Ich vergleiche verschiedene Menschen in den gleichen Situationen grundsätzlich gerne. Ich will ja auch Soziologe werden."

Das erschien mir geradezu komisch. Ich war verblüfft.

„Genau die gleiche Situation!", betonte Tom. „Da habe ich gemerkt, dass du und David zusammenpasst! Und um mehr über deine Gefühle und Gedanken in Erfahrung zu bringen, bin ich dir kaum von der Seite gewichen. Ich habe David nämlich seit langem mit Infos versorgt."

„Du Schlingel!", entfuhr es mir. „Ich hatte mehrmals den Verdacht, dass du auch schwul wärst."

„Ich weiß!", lachte Tom. „Aber das machte mir nichts aus. Es war ein Spaß für mich. Und ich bin froh, wenn ich sehe, wie glücklich ich zwei Menschen gemacht habe."

„Aber du hast die Ohrfeige in Kauf genommen", sagte ich nachdrücklich.

„Was viel schlimmer ist, ist die Tatsache, dass *ich* dich doch sehr verletzt habe … Auch wenn es nur gespielt war. Aber mir fiel das enorm schwer!"

So verrückt seine Antwort auch war, ich glaubte ihm. Sein ganzes Verhalten war Programm … Aber in dem Moment war ich über etwas traurig.

„Heißt das jetzt, dass wir gar keine besten Freunde sind? Dass alles nur Taktik war?", fragte ich traurig.

„Quatsch! Denkst du, ich hätte das alles auf mich genommen, wenn mir nichts an dir liegen würde?! Künftig wirst du sowieso auf unseren Familienfesten mit deinem Partner tanzen – und ich auf deinen!"

Alle Ungereimtheiten waren geklärt und gut gelaunt tranken wir unseren Kaffee aus.

25. Am See

„Alles gleichzeitig, ich bin maßlos überfordert!", sagte ich lachend, als ich neben David an einem heißen Tag auf der spärlich besuchten Liegewiese am kleinen See lag. Ich beobachtete die geschmeidigen und flinken Flugmanöver der über uns kreisenden Schwalben, die den Tag geradezu bilderbuchhaft erscheinen ließen. Ich bewunderte aber viel lieber Davids vollkommenen Körper, der neben mir lag: sein makelloses Gesicht, seine wohlgeformten Lippen, die in letzter Zeit allzu oft auf meinen lagen. Jedes Mal, wenn er mich küsste, vibrierte mein Körper aus Leidenschaft. Ich bewunderte seine leicht schwitzenden Oberarme, die die Sonne so intensiv bestrahlte, als würde sie diese extra für mich beleuchten. Ich erkannte die Muskeln, die sich leicht unter seiner Haut abzeichneten. Auch sein Bauch hatte ansatzweise Muskeln. Na ja, er muss noch etwas trainieren, dachte ich. Doch bevor ich das verlangen durfte, musste ich selbst an mir arbeiten. Dass David jemand viel besseres bekommen könnte als mich, stand für mich zweifellos außer Frage. Aber dem Himmel sei Dank fiel seine Liebe auf mich. Während ich eine Brise warmen Windes wahrnahm und das seichte Gewässer ein wenig auf Davids Zehen schwappte, betrachtete ich eingehend seine leicht behaarten Beine, seine durchtrainierten Waden. Und ich konnte mich nicht satt sehen. Mein Blick ging zurück zu seinem Kopf. Dann, als Dessert sozusagen, waren seine Augen dran.

„David, nimm bitte deine Sonnenbrille ab!", sagte ich beinahe flehend.

Herrlich! Göttlich! Und niemand störte uns den ganzen Tag. Er nahm mich behutsam in seinen Arm. Glücklicher und geborgener hatte ich mich zuvor niemals fühlen können. Ich schmiegte mein Gesicht auf seine feuchte Brust und fiel in einen leichten Schlaf, der mir einen romantischen und kitschig anmutenden Traum bescherte, der interessanterweise an diesem Ort spielte: So saß ich mit David auf einem kleinen Ruderboot bei Sonnenuntergang auf dem See, in dem sich der violett gefärbte Himmel spiegelt. Ich schrak auf, als er mir leicht ins

Ohr pustet.

„Och, David!", sagte ich bedauernd. „Ich hatte gerade geträumt!"

„Ach komm! Schlafen und träumen kannst du immer noch. Es wird allmählich kalt."

Es war tatsächlich etwas frischer und er war wieder angezogen. Eine kuschelige Decke lag auf meiner nackten Haut. David war so lieb.

„Du hast über eine Stunde geschlafen. Und Abwehrkräfte hast du wahrscheinlich jetzt auch zur Genüge", bemerkte David.

Es kam mir so vor, dass ich nur zehn Minuten geschlafen hatte. Die Sonne ging bereits unter und es begann zu dämmern.

Als ich meine Klamotten zusammenklauben wollte, nahm sie David rasch an sich und an seiner Stimme konnte ich eine schelmische Absicht ausmachen.

„Fang mich doch!", rief er belustigt und raste über die Wiese. Schnell stand ich auf.

„Na warte, du Schlingel! Das alles wirst du bitter bereuen!", rief ich ihm nach und dachte an die Handschellen. Schnell jagte ich meinen Klamotten -oder vielmehr ihm- nach.

„Schön!", flüsterte ich.

„Ja!", erwiderte David. Nach der unterhaltsamen Verfolgungsjagd am See lagen wir beide auf dem Rücken auf einem weichen Nadelboden, diesmal jedoch bekleidet. Wir schauten beide den mit Sternen überfüllten Nachthimmel an und hörten das Zirpen der Grillen, das immer leiser wurde. Von diesem Anblick schien David mindestens genauso fasziniert zu sein wie ich, denn wir lagen bis zum Sonnenaufgang zwischen Wald und See und schwiegen.

Teil 2

26. Geburtstagspläne

Dass ich noch Schüler und David Krankenpfleger war, schadete unserer Beziehung keineswegs. Wir hatten uns zwar nicht jeden Tag sehen können, doch gerade darin lag der Reiz unserer Liebe, meiner ersten, allerersten Liebe. David. Ab und an konnte ich kaum glauben, dass es ihn wirklich gibt.

Drei Wochen waren wir zusammen, als der schönste Moment noch immer klar vor meinen Augen lag: mit David am See liegen, die Zeit vergessen ...

Obwohl David manchmal Nachtdienst hatte, schafften wir es fast jeden Tag, uns zu sehen und wenn es nur eine halbe Stunde war. Mal kam er mit seinem Auto zu mir, mal fuhr ich mit dem Bus zu seiner Mietwohnung in einem Mehrfamilienhaus. Die Wohnung gefiel mir sehr gut, als ich ihn das erste Mal dort besuchte. Der Flur war hell, die Wände waren weiß. Zwei Türen rechts, zwei Türen links. Am Ende des Flurs befand sich ein rundes Fenster in der Wand. David öffnete die erste Tür. „Das ist meine Küche."

Ich trat ein und war überrascht, dass sich dort eine hellblaue Küche befand. Sie erinnerte mich an eine Ostfriesen-Küche, wohnlich, aber ein Flair von Seeleben. Ich sah schon Möwen vor dem Fenster umherfliegen.

„Ungewöhnlich!", kommentierte ich.

„Nichts Besonderes, eine Küche eben, weißer Tisch, vier Stühle."

Auf dem Tisch stand eine Schale Obst mit Bananen und Marillen. Gut zu wissen, welche Obstsorten David mag. Er schaltete das Licht aus und zeigte mir den nächsten Raum. Gegenüber der Küche befand sich das Wohnzimmer, sparsam, aber durchaus edel eingerichtet. Ein nachtblaues Sofa stand dort, in der Mitte ein Glastisch. Die Vorhänge waren zartgelb.

Das Spannendste, nämlich das Schlafzimmer, kam zuletzt. Ich ging hinein und schaute mir sofort das Doppelbett an, welches er sich kürzlich gekauft hatte. Ein Panda-Bär hockte an der Bettkante, schien verwaschen und David sehr vertraut zu sein. Auf seinem Nachttisch stand ein Foto seiner Familie. Rechts neben dem Bett befand sich ein geräumiger Kleiderschrank. Ich öffnete ihn und mir fielen aufgerollte Poster entgegen. Ich rollte eines auf und erkannte Hayden Christensen mit besonderer Betonung seiner Muskelmasse. Mir wurde klar, dass David für ihn schwärmte und das Poster womöglich als Wichsvorlage benutzte. Mir war ja Menschliches nicht fremd.

Vor meinem ersten Mal hatte ich Angst und redete mir immer wieder ein, dass es allen Jungen so geht, egal ob sie homo- oder heterosexuell sind. Nur wenige Tage nach unserer Nacht am See geschah es: Ich schaute mit David Fernsehen, als er seiner rechten Hand meinen Nacken streichelte und mich sanft küsste, zuerst auf die Stirn, dann auf den Mund und dann auf meinen Hals. Er knöpfte mein Hemd auf und küsste meine Brust. Ich sehnte mich auch sehr nach seinem Körper, hatte aber zugleich Angst, dass ich irgendetwas falsch machen könnte. Während er Küsse auf meinem Oberkörper verteilte, streichelte ich ihn sanft durchs Haar. Meine Erregung konnte ich nicht mehr vor ihm verbergen, als er begann, meine Jeans aufzuknöpfen.

„Oh, das scheint ja ein Prachtstück zu sein!", sagte David, nachdem er meine Jeans ausgezogen hatte und meinen erregten Penis durch meine Boxer-Shorts betrachtete.

Zum ersten Mal in meinem Leben fühlte ich mich durch seine Bewunderung richtig sexy. Ich ließ mich einfach von meiner Lust leiten und begann Davids Hose zu öffnen, während er sich von seinem T-Shirt befreite. Vor seinen Boxer-Shorts machte ich eine Pause und schaute in sein Gesicht, um seine Reaktion zu sehen. Er nickte mir nur zwinkernd zu. Mit einem Ruck zog ich seine Shorts runter. Mit seinen Füßen streifte er sie ab, schubste mich sanft im Bett auf den Rücken, legte sich auf mich und verteilte Küsse auf meinem ganzen Körper, bis er meine Boxer-Shorts auch auszog. Nun lag ich nackt unter ihm und mein Herz flatterte so vor Aufregung, als würde ich mich zum zweiten Mal in ihn verlieben. Zum ersten Mal in meinem Leben fühlte ich mich geborgener als je zuvor und streichelte die nackte Haut meines Freundes. Ich hätte am liebsten jede einzelne Hautzelle erforscht. An Davids Oberarmen zeichneten sich kleine Muskeln ab, seine Haut fühlte sich geschmeidig an.

„Moment!", flüsterte ich und stand auf, um meine Zimmertür abzuschließen. David holte in der Zeit zwei Kondome aus meinem Nachtschrank hervor.

„Wie machen wir's?", fragte ich, als ich zurück ins Bett kroch.

„Psst! Frag nicht so viel", sagte er leise. „Wir machen's einfach! Du musst nichts tun, was du nicht willst!"

Seine Aussage beruhigte mich und so ließ ich mich einfach von meiner Lust leiten. David drehte sich auf den Bauch und ich verstand, welche Stellung er bevorzugte. Als ich in ihn eindrang, hatte ich die Befürchtung, ihn zu verletzen, doch er stöhnte nur auf und meinte nur: „Weiter, Marc! Mach weiter!"

Ich war zunächst vorsichtig, stieß dann aber immer heftiger zu, bis ich kam. Dann legte er sich angestrengt atmend auf den Rücken und schaute mich an: „Bläst du mir einen?"

„Das hab ich noch nie gemacht", sagte ich.

„Versuch's einfach!"

David war so verständnisvoll, dass ich keinerlei Angst hatte, mich auf irgendeine Weise zu blamieren. Ich umspielte mit meiner Zunge Davids Eichel. Das Kondom schmeckte angenehm nach Pfirsich. Ich steckte das erregte Glied in meinen Mund, saugte erst leicht, dann etwas fester daran. Mir war schleierhaft, warum man das als Blasen bezeichnete, denn ich musste den Penis ja nun wirklich nicht mehr aufblasen. Mir war das aber egal, solange ich alles richtig machte.

„Gut, Marc! Sehr gut!", stöhnte David und bestätigte mir damit, dass ich nichts falsch machte. Und als David seinen Höhepunkt erreichte, war ich stolz auf mich.

„Das war also mein erstes Mal!", sagte ich mir abends, nachdem David wieder nach Hause gefahren war. Der Sex mit David war aufregend schön und hatte meine Erwartungen weit übertroffen.

Für die Sommerferien planten wir einen Kurzausflug in Davids Elternhaus. Er hatte seinen Eltern schon am Telefon mitgeteilt, dass er an einen hübschen Mann vergeben war. Laut David hatten sie sich sehr über diese Neuigkeit gefreut und wollten mich unbedingt bald kennenlernen.

Auch meine engsten Freunde wussten, dass ich mit einem dunkelblonden Krankenpfleger zusammen war, aber für niemanden war es etwas Besonderes. Ab und an traf mich ein gehässiger Blick von Miriam, wenn ich ihr im Schulhof begegnete. Wir wussten, weshalb.

In den letzten vier Wochen hat sich innerfamiliär noch einiges abgespielt. Meine Mutter ist zu ihrem Lover gezogen und mein Vater versuchte sich liebevoll um uns zu kümmern, vor allem um meine Schwester Tamara. Zwar würde sie es niemals zugeben, aber sie hatte die Trennung sehr mitgenommen. Offenbar schien ich der einzige glückliche Mensch weit und breit zu sein.

Tom suchte nun auch vergeblich nach einer großen Liebe mit Hilfe des Internets. Doch die Mädchen schienen vorsichtiger zu sein, was ein Treffen anbelangte, nachdem man ein paar nette Worte mit seinem virtuellen Gegenüber geschrieben hatte. Ich verstehe das, denn man kann ja nicht ausschließen, dass sich der Typ auf der anderen Seite als sexgeiler Opa entpuppt. Widerlich! Die beste Variante - und ich spreche hier aus Erfahrung - ist, jemanden mit seinem Fahrrad anzufahren, vorzugsweise Krankenpfleger.

Manchmal malte ich mir aus, wie es wäre, wenn ich an jenem Tag nicht auf das Fahrrad gestiegen wäre ... David hätte ich dann niemals getroffen ... vielleicht aber doch, nur auf eine etwas andere Weise. Solche Gedanken schwirrten mir durch den Kopf, als ich wieder mit dem Rücken auf meinem Bett lag und die Decke anstarrte. Ich dachte zugleich daran, was ich David in zwei Wochen zum Geburtstag schenken könnte. Es müsste was Besonderes sein, etwas Persönliches. Außerdem hatte ich mir fest vorgenommen, diesen Tag nur zu zweit zu feiern, obwohl ich wusste, dass er große Partys mit lauter Musik, Alkohol und vielen Freunden liebte. Aber das ließe sich ja nachholen …

Auch wenn ich seinen Geburtstag geradezu minutiös plante, war mir das Wichtigste nicht eingefallen. Ich begann mich zu fragen, was ich mir von ihm wünschen würde. Es sollte schon etwas Persönliches sein, etwa ein vergrößertes Foto von uns beiden mit einem schönen hellbraunen Rahmen. Ja, das ist es, schoss es mir blitzartig durch den Kopf. Vor wenigen Tagen hatte Tamara einen Schnappschuss mit ihrem Handy gemacht, als ich David eines Abends auf der Couch anhimmelte - oder er mich. Jedenfalls war es der Moment vor einem innigen, leidenschaftlichen Kuss - in genau der Sekunde, in der wir glaubten, alleine zu sein. Für David war sie seitdem „die kleine Fotografin".

Mehrmals musste ich nach ihrem Handy fragen, um mir das Foto immer wieder anzuschauen. In nur zwei Wochen wird David dieses Foto vergrößert entgegennehmen. Der Höhepunkt seines Geburtstages folgt dann aber erst noch, dachte ich. Nein, als Schnappschuss möchte ich es nun wirklich nicht mehr bezeichnen.

Ich, links auf dem Bild, betrachte Davids Gesicht, rechts am Bild zu sehen. Genauer gesagt, schaue in seine blauen Augen, die zu funkeln scheinen. Dabei berührt meine rechte Hand vorsichtig sein linkes Ohr, so vorsichtig, als ob es aus hauchdünnem Glas wäre. David wiederum sieht so aus, als wolle er mir mit seinem leidenschaftlichen, aber dennoch sanften Blick sagen, dass er näher kommen dürfe.

Langsam, sehr langsam, kamen an jenem Abend unsere Lippen näher - und Tamara schoss das Foto.

27. Die Killa-Gang

Dass die Familie zerbrach, war für mich zu dieser Zeit zweitrangig. Eigentlich war es mir sogar egal. Meine Mutter ging mit ihrem Lover auf Weltreise (wo sie genau waren, wusste ich nicht) und mein Vater fand neue Arbeit. Dabei konnte er sich auch ablenken. Außerdem hatte er ja auch uns noch, Tamara, mich und David.

Tamara suchte auch verstärkt meine und Davids Gesellschaft. Offenbar tat ihr unsere Harmonie gut.

Eines Abends, als ich am PC saß, fiel mir ein, dass ich schnellstmöglich das Foto in der besten Qualität ausdrucken wollte. Der Rahmen lag schon folienverpackt auf meinem Schreibtisch. Ich konnte mir ersparen, Tamara zu rufen, da sie plötzlich ins Zimmer trat.

„Anklopfen!", befahl ich, nachdem sie sich erdreistete, mein Zimmer ohne Vorwarnung zu betreten.

„Aber David ist doch auf der Arbeit", erwiderte sie trotzig.

„Trotzdem … Ich wollte dich aber sowieso nach deinem Handy fragen."

Ich sah Tamara an und erwartete, dass sie es mir gab. Da schossen Tränen aus ihren kleinen Augen.

„Was ist denn los?", fragte ich sie erschrocken. Von ihr hätte ich niemals erwartet, dass sie gegenüber mir ihre Gefühle zum Ausdruck bringt. Ein Schluchzen kam aus ihr heraus, als ich mich ihr zuwandte und sie in den Arm nahm.

„Ist schon gemein von unseren Eltern!", flüsterte ich in ihr Ohr. Langsam fasste sich Tamara wieder, löste sich und sah mich an.

„Das ist es nicht!", sagte sie, während sie sich Tränen aus dem glänzenden Gesicht wischte. „Die haben mein … mein … Handy geklaut!" Erneut fluteten neue Tränen ihre Augen.

„Wer?", fragte ich nach.

„Die Elfer meiner Schule. Die haben mich auf dem Schulweg in der Unterführung aufgelauert."

„Mir aufgelauert, heißt das", belehrte ich sie, wobei ich aber bemerkte, dass das jetzt fehl am Platz war.

„Weißt du, wie die heißen?"

„Einen nennen sie Killa. Die haben mir Pfefferspray in die Augen gesprüht."

Seit langer Zeit spürte ich Zorn und Mitleid zugleich. Die haben einfach meine kleine Schwester festgehalten und sie bestohlen.

„Wir kaufen morgen ein neues Handy, wenn du magst. Ich schenke dir eins. Wir können David mitnehmen.", schlug ich ihr vor.

Tamara spürte den Trost in meinen Worten und brachte ein kurzes Lächeln zustande.

„Danke!", japste sie und verließ mein Zimmer.

Da fiel mir auf, dass die Elfergang um Killa ja auch das Foto sehen würde. Es sind vier Jungs, die Homosexuellen gegenüber feindlich gesinnt sind … Sollte ich David nun warnen? Ich entschied mich, die Situation gelassen zu nehmen. Allerdings war es doch mein Geschenk für ihn, für seinen Geburtstag, der für ihn etwas Besonderes darstellen sollte.

Noch am gleichen Abend lag ich lange auf dem Bett und starrte die Decke an. Willkürlich drängte sich mir eine Erinnerung auf

Und schon sah ich hinter Tom vier Schüler aus der zehnten Klasse auf uns zukommen. Alle schauten mich mit finsterem und zugleich grinsendem Gesichtsausdruck an. Und ich ahnte Übles.

„Hey Schwuchtel!", rief mir der schwarzhaarig Gelockte zu. „Magst du etwas mit mir machen?"

Ich ignorierte sie, auch wenn ich mich innerlich über sie aufregte und jedem einzelnen die Zähne ausschlagen hätte können, doch wollte ich mir meine Finger nicht schmutzig machen. Tom schien mir auf dem Weg zum Klassenzimmer Deckung geben zu wollen. Die Zehner blieben jedenfalls stehen und riefen etwas hinter uns, was ich glücklicherweise nicht verstehen konnte.

Mich reizte, dass sie immer noch auf der Schule waren. Ich musste das Handy wieder bekommen, für Tamara, aber auch, damit sie das Foto nicht missbrauchten. Vielleicht hatten sie es schon längst im

Internet hochgeladen ... Wenn sie wenigstens David rauslassen würden. Doch alle meine Pläne, die ich mir hab durch den Kopf gehen lassen, um das Handy wiederzubekommen, würden scheitern. Ohnehin war es nicht ratsam, sich mit der Killa-Gang anzulegen.

Gleich am nächsten Tag begegnete ich der Killa-Gang nach der Schule.

Nachdem die letzten zwei Stunden Kunst vorbei waren, verließ ich mit Tom das Schulgebäude. Wir plauderten ein wenig über die schwarz gefärbten Haare unserer Kunstlehrerin, die bislang immer blondes Haar trug. Da fuhr auch schon Toms Bus vor, der heute überpünktlich ankam, und er rannte los. Ich schlug meinen Heimweg alleine ein und plötzlich verschlug es mir den Atem. An der Bushaltestelle, der ich mich nun näherte, stand die vierköpfige Killa-Gang: Alle trugen schwarz gefärbtes Haar, zerfledderte Klamotten und rauchten. Ich ignorierte sie und bemerkte zugleich ihren feindseligen Blick. Ich dachte an das Handy, an das Foto. Es würde blöd aussehen, wenn ich die Richtung wechseln würde ... Ohnehin hätte ich sie eines Tages wieder gesehen. Zielstrebig ging ich an ihnen vorbei, den Blick abgewandt. Sie versuchten aber nicht, mich aufzuhalten. Außerdem riefen sie mir nichts hinterher. Möglicherweise war ich zu uninteressant für sie - oder aber sie hatten ihre Strategie gewechselt.

„Wir dürfen die nicht so davon kommen lassen. Tamara kann sie anzeigen!", sagte David aufgebracht. Auch ich war zornig und schnitt meine Pizza resolut in zwei Stücke.

„Die Pizza hat dir nichts getan!" David zwinkerte. „Die Gäste schauen schon ..."

„Ja ... Es ist nur so, dass ... dass auf Tamaras Handy noch unser Foto war."

David hörte auf zu kauen und starrte mich an.

„Dann müssen wir es erst recht aus deren Finger bekommen. Wer weiß, was sie damit machen?!"

David machte mir Angst. Nun hatte er die gleichen Befürchtungen wie ich.

„Wir müssen ihnen auflauern. Ich habe keine Angst vor denen", erklärte David. Nun musste ich feststellen, dass er mutiger als ich war. Ich schüttelte leicht den Kopf. Er nahm meine Hand. „Doch, Marci! Wir dürfen sie nicht davonkommen lassen. Das ist *unser* Foto und das darf nicht missbraucht werden."

Mir ging durch den Kopf, wie die Killa-Gang möglicherweise eine Hetzkampagne gegen uns anzetteln würde. Vor allem der Gedanke daran, dass David auch darunter leiden könnte, war mir geradezu unerträglich.

Womöglich stellten sie das Foto ins Internet und gaben gehässige Kommentare dazu. Oder machten Plakate davon und hängten sie in der Schule auf, dachte ich.

„Okay, David, du hast recht!", bestärkte ich ihn. „Wir holen uns das Handy schnellstmöglich wieder … Aber wie?"

„Na ja, wir könnten die Polizei verständigen. Ich verstehe ohnehin nicht, wieso ihr das noch nicht getan habt."

„Tamara wollte das nicht, weil sie Angst vor den Folgen hat. Die Killa-Gang wird dann wahrscheinlich rachsüchtig. Sie müssen sie sehr eingeschüchtert haben."

„Umso schlimmer!" David schlug mit der Hand auf den Tisch. „Dass ihr euch immer alles gefallen lasst! Ich verstehe das nicht. Hunde, die bellen, beißen nicht."

Nicht der Spruch!, dachte ich. Wir schwiegen eine Weile.

„Was sollten wir tun?", fragte ich.

„Warte ab! Ich weiß schon was." David zwinkerte wieder und ich ahnte etwas.

„Werde bitte nicht übermütig!", sagte ich in einem fast schon flehenden Ton.

„Lass mich mal machen!"

28. Ein geschicktes Bein

Mit seiner monotonen Stimme ließ der Biolehrer uns beinahe in den Schlaf versinken. Auch er schien freitags in der letzten Stunde nicht mehr motiviert. Tom und ich starrten aus dem Fenster und erblickten die Killa-Gang an der Bushaltestelle. Wieder kam Wut in mir auf. Tom wusste auch Bescheid, da ich ihm die Geschichte um Tamaras Handy und das Foto anvertraut habe.

„Ich hasse die!", flüsterte mir Tom ins Ohr.

„Und ich erst!", erwiderte ich. Eigentlich konnte es nicht sein, doch ich sah David an der Straße entlang gehen. Zielstrebig steuerte er in Richtung Killa-Gang. Ich schluckte und binnen weniger Sekunden begann ich mir ernsthaft Sorgen zu machen. Auch Tom sah ihm nach.

„Was will der denn da?", fragte er aufgebracht.

„Hast du uns was zu sagen, Tom?", fragte Herr Klein.

„Nein, nein!"

Gespannt schaute ich auf David, der vor den vier schwarz Gekleideten stehen blieb und sie offenbar zur Rede stellte. Der muss total verrückt sein!, dachte ich. Lebensmüde! Ich packte schnell meine Sachen in meinen Rucksack und ging Richtung Tür.

„Marc, wo willst du hin?", fragte Herr Klein.

„Mir ist schlecht!", antwortete ich schnell und verließ eilig den Fachraum. Ich stürmte durchs Schulgebäude auf die Straße. Hinter mir nahm ich hektische Schritte wahr. Tom kam neben mir zum stehen.

„Marc, tu nichts Unüberlegtes!", warnte er mich.

Wir liefen vors Schulgebäude und unsere Augen suchten die Killa-Gang, die sich für gewöhnlich an der Bushaltestelle aufhielt. Doch dort war niemand, auch David nicht. Schreckliche Gedanken durchströmten mich.

„Oh, nein! Sie haben ihn gekidnappt!", rief ich.

Tom hielt mich am Arm und versuchte mich zu beruhigen. „Jetzt mal ruhig! Bestimmt nicht!"

In Toms Stimme vernahm ich aber keineswegs die Ruhe, die er

auszustrahlen versuchte. Hektisch bewegte er seinen Kopf und suchte offenbar auch nach David und der Killa-Gang.

„Lass uns in den Park gehen!", sagte ich. Nach wenigen Schritten befanden wir uns im Stadtpark, der gespenstisch leer war.

„Da liegt jemand!", rief Tom und zeigte in Richtung Gebüsch. Wir liefen eine Allee von Bäumen entlang und ich erschrak vor der kauernden Gestalt auf dem Boden. Es war ein Mitglied der Killa-Gang: Schützend legte er seine Hände über seinen Kopf.

„Helft mir!", flehte uns die jämmerliche Gestalt an. Auch wenn ich Gewalt verabscheute, in diesem Moment empfand mit ihr keinerlei Mitleid, sondern Genugtuung. Ich sah nicht, ob der Typ verletzt war.

„Helft mir!" Er versuchte sich aufzusetzen. Tom half ihm auf die Beine, doch der Schwarzgekleidete fiel sofort wieder nach hinten, wie eine Puppe mit zu großen Gliedmaßen.

„Was ist passiert?", fragte ich, ohne eine Spur Mitleid.

„Ich ... ich ... Dein sauberer Freund hat mich angegriffen!"

„Was?", schrie ich. Mir fiel es schwer, das zu glauben, zumal er auch keine Spuren einer Verletzung aufwies.

„Soll ich den Notarzt holen?", fragte Tom belustigt. Eine Hand lag plötzlich auf meiner Schulter. Ich wusste sofort, dass es Davids war. Ich drehte mich zu ihm um und sah ihn fragend an. Ich nahm seine linke Hand wahr, die mit Blutspritzern bedeckt war.

„Ich habe mir eben meinen Schuh schmutzig gemacht", sagte er und lächelte.

„Der hat mich attackiert!", stammelte der Typ im Gebüsch.

Ein alter Herr, vornehm und würdevoll gekleidet und mit Hornbrille, kam mit einem Spazierstock an uns vorbei.

„Das wurde auch mal Zeit, dass diesen Gestalten das Handwerk gelegt wird. Die lungern immer da vorne rum, rauchen, saufen, schreien, greifen Alte und Behinderte an." Für seine schmächtige Erscheinung hatte der Herr eine kräftige Stimme.

„Waren Sie das?", fragte er David und zeigte auf die kauernde Gestalt. „Dann möchte ich Ihnen die Hand schütteln!"

Allmählich empfand ich die Situation immer grotesker. Tom starrte auch auf den Alten. David reichte dem Herrn die Hand, auch perplex.

„Irgendwoher kenne ich Sie!", sagte der unbekannte Alte. „Entschuldigen Sie, aber sind Sie nicht der schwule Krankenpfleger?"

Ich sah Tom verblüfft an.

„Ja, bin ich!"

„Hervorragend! Wie zuvorkommend und hilfsbereit Sie stets waren. Da wollte man ja direkt im Krankenhaus bleiben!" Der Alte lachte und wir alle lachten künstlich mit.

„Und nun haben Sie dieses Wesen zur Strecke gebracht. Sie haben wahrhaft verborgene Talente!"

Der alte Herr verbeugte sich und setzte seinen Spaziergang fort. Für kurze Zeit dachte ich, dass er mit seinem Stock noch auf das wehrlose Wesen einschlagen würde.

„Ach, ich habe noch was für dich!", sagte David und holte mit seiner sauberen Hand Tamaras Handy hervor.

„Dieser Matthias, so heißt das da", David zeigte auf den Typen, „hatte das Handy. Ich habe zum Glück den Richtigen angesprochen."

„Aber wo sind die anderen?", fragte Tom panisch.

„Keine Sorge! Die sind getürmt, als ich Matthias ein Bein gestellt habe. Eigentlich wollte ich noch auf seine Knollennase schlagen, aber dann wäre ich auch nicht besser als er", sagte David.

Das freute mich, auch wenn ich Wut für diesen Matthias empfand.

29. Unser Foto

„Du musst mir jetzt alles ganz genau erzählen", sagte ich zu David, der es sich auf meinem Bett bequem gemacht hatte. Wir beide waren froh, dass wir Tamaras Handy wiederbekommen hatten. Und Tamara erst, nachdem sie das erfahren hatte! Sie aber war vollauf beschäftigt mit ihrem neuen Handy, das sie sich gestern gekauft hatte.

„Ich war echt sauer. Ich habe ihn zuerst zur Rede gestellt und dann wedelte der Idiot mit Tamaras Handy vor meinen Augen. Er steckte es ein und lief in den Park. Ich nahm eine Abkürzung durchs Gestrüpp und stellte ihm ein Bein. Wie im Krimi."

„Und dann?", drängte ich. Davids Art, Pausen im Gespräch zu machen, raubte mir oft den Nerv.

„Dann nahm ich … oh, mein T-Shirt ist schmutzig …", meinte er.

„Ja, ja! Ich wasche es mit. Zieh es gerade aus!"

David zwinkerte und streifte sich sein Shirt von seinem trainierten Körper. Wie von einem Instinkt geleitet, leckte ich kurz meine Lippen.

„Hey, Marci, ich bin nicht das Lamm, bei dessen Anblick dem Wolf das Wasser im Mund zusammenläuft."

„Ich kann ein Raubtier sein!"

„Ich weiß das zu gut. Du leckst immer deine Lippen, wenn ich irgendetwas ausziehe."

„Tu ich nicht!"

„Doch! Jetzt komm zu mir!"

Er deutete mit seiner Hand aufs Bett und ich kuschelte mich neben ihn. Er legte seinen nackten Arm um meinen Nacken.

„So, ich erzähle jetzt zu Ende. Nachdem ich Matthias ein Bein gestellt hatte, sind die anderen weggelaufen. Matthias war besonders langsam und stolperte ins Gebüsch, wo er sich als wehrloses Geschöpf inszenierte. Verzweifelt hielt er mir Tamaras Handy hin. Ich wollte noch die anderen einholen, doch die waren verschwunden."

Ich streichelte Davids Brust.

„Du hast ihn aber nicht geschlagen?", fragte ich.

„Nein, hab ich doch schon gesagt."

„Und woher wusste der alte Mann, dass du schwul bist?"

„Er ist Stammpatient und gehört fast schon zur Belegschaft. Unser Stationsmaskottchen sozusagen. Aber jetzt mach, hol das Handy! Ich will das Foto wieder sehen!"

„Es ist doch in deiner Hosentasche!", erwiderte ich.

„Na und? Hol es hervor!"

Ich verstand und kramte in Davids Hosentasche herum. Er genoss es, aber nach wenigen Sekunden hatte ich das Handy schon. Wir beide blickten auf den Display: Menü - Eigene Dateien - Bilder. Es waren nur fünf Stück vorhanden - aber unser Foto war nicht dabei. Da war nur eins von mir, von meinem Vater, von meiner Mutter, von Tamara und von Linda, eine ihrer Freundinnen. Aber *unser* Foto war weg. Traurig sah ich meinen sichtlich enttäuschten David an.

„Ach das! Das habe ich gelöscht!", erklärte Tamara und wand sich wieder dem Bildschirm im Wohnzimmer zu.

„Du hast was?", rief ich.

„Ja. An dem Abend, bevor es mir gestohlen wurde. Ich fand das nicht so toll!"

„Das war das Beste, was du auf deinem Handy hattest!"

„Beruhig dich!", schaltete David sich ein. „Wir machen einfach ein Neues!"

„Ne, ich will nichts Gestelltes. Och, das war so gut und du dumme Ziege löschst es!"

„Jetzt lass mich in Ruhe!", rief Tamara.

David sank ins Sofa neben Tamara und schien sehr nachdenklich zu sein.

„Dann war ja die ganze Aufregung umsonst…", bemerkte er.

Ich schaute ihn konsterniert an und sagte nichts. Tamara erkannte ihren Fehler offenbar, denn sie schaltete den Fernseher aus und sah uns an. In dem Moment kam mein Vater herein.

„Hi, was macht ihr?", rief er gut gelaunt. Doch nachdem er unsere Gesichter nacheinander angeschaut hatte, fragte er, ob wir eine Krisensitzung hätten.

„Ja!", antwortete ich rasch. „Deine Tochter hat *unser* Bild gelöscht."

„Ach, wenn es weiter nichts ist. Ich mache mir ein Spiegelei. Wollt ihr auch was essen?" Er verschwand in der Küche, ohne eine Antwort abzuwarten. Tamara streckte mir ihre Zunge raus. Sie sah David an und ich konnte in ihren Augen einen entschuldigenden Blick ihm gegenüber erkennen.

Am Freitagnachmittag packte ich meine Klamotten für ein Wochenende bei Davids Eltern. Ich hatte mich sehr darauf gefreut. Nach all dem, was er mir über sie erzählt hatte, mussten sie aufgeklärte und weltoffene Menschen sein. Sein Vater Thomas arbeitete als Autohändler bei BMW. „Gepflegter Kapitalist!", schoss es aus mir heraus. Doch ehe ich bemerkte, wie abwertend das klang, begann David auch schon zu lachen.

„Ja! Aber das ist er nur im Autohaus, musst du wissen. Aber treffende Bezeichnung! Zuhause pflegt er eine seltsame Art von Humor."

Seine Mutter war Förderschullehrerin und ging nach Davids Worten in ihrem Beruf auf. Sein älterer Bruder betrieb ein kleines Lokal in einer Großstadt und hatte sich bereits mit 20 Jahren selbstständig gemacht. David meinte, dass er seine Schulden auch nach sieben Jahren nicht halbiert habe.

Chaotisch packte ich binnen fünf Minuten meine Reisetasche und zwischen meinen T-Shirts fiel eine dunkelblaue Schatulle auf den Boden. Ich hob sie auf und streichelte sie, in freudiger Erwartung darüber, dass ich sie bald öffnen würde. Doch vor Davids Geburtstag wird das nicht passieren. Morgen in acht Tagen, ja, wirklich nur noch acht Tage bis zu diesem Ereignis, dachte ich. Alles wird wunderbar werden … Ein Blitz und Gewittergrollen holte mich aus meinen Gedanken. Da fiel mir ein, dass das Gelingen für den unvergesslichen Geburtstag Davids ja mitunter vom Wetter abhängig war. Ich unterbrach das Packen und informierte mich schnell im Internet in der Zehn-Tage-Vorschau. Den Wetterberichten zufolge sollte es Anfang nächster Woche einen Temperatursturz geben und am kommenden Wochenende wieder 28 Grad warm werden. Noch nie wollte ich dem Wetterbericht mehr glauben als in diesem Augenblick. „Yes! Die Sonne wird für David scheinen!" Ich malte mir einen grandiosen Sonnenuntergang aus. Und sie wird am selben Abend für uns untergehen!

Während unserer dreistündigen Fahrt zu seinen Eltern am Freitagabend, schaute ich aus dem Fenster und betrachtete die weitläufigen, braungrünen Felder. Das Radio war auf ein Minimum an Lautstärke eingestellt und mich ermüdete zunehmend das Motorengeräusch des Autos ... Ich roch David ... und saß mit ihm am See, an unserem Platz. Wir beide schauten auf das ruhige Wasser. Ich gab ihm eine kleine, in gelbes Geschenkpapier verpackte Schatulle, in dem sich die Ringe befanden. Mit funkelnden Augen öffnete er es und ich beobachtete ihn dabei. Doch wider Erwarten verfinsterte sich seine Miene.

„Was ist?", fragte ich angespannt. Er hielt mir Schatulle hin und fragte, was der Blödsinn bitte solle. Ich schaute hinein und bemerkte, dass die Ringe verschwunden waren ... David musste annehmen, dass ich ihm einen Streich spielen wollte. Es tat mir wirklich leid ... Ich tat mir fast noch mehr leid, da der schöne Moment, auf den ich so lange warten musste, nun durch diese Verstimmung zunichte gemacht wurde.

„Ich kann mir das nicht erklären...", stammelte ich und meine Augen wurden nass, brannten. David warf die Schatulle in einem weiten Bogen in den Wald. Ich schlug meine Hände vors Gesicht.

„Ich wollte dir doch hier und jetzt einen Heiratsantrag machen!", rief ich verzweifelt.

David fasste meine Hände grob und sah mich eindringlich an. Er sagte auch etwas. Allerdings konnte ich ihn akustisch nicht verstehen. Träge öffnete ich wieder meine Augen und sah einen Scheibenwischer vor mir, der dafür sorgte, dass die Wassertropfen auf der Windschutzscheibe ein denkbar kurzes Dasein hatten. Ich sammelte erst meine Gedanken, um zu verarbeiten, was ich eben geträumt hatte. Noch immer sah ich Davids zorniges Gesicht und versuchte mir den Inhalt des Traums einzuprägen. Es ist allzu schade, dass man oft seine Träume vergisst. Ich starrte auf den hektischen Scheibenwischer. Auf unerklärliche Weise wurde ich traurig. Es mochte an den Regentropfen liegen, die so unnachgiebig von den Wischblättern weggefegt wurden. Ein sehr kurzes Leben. Ich schüttelte meinen Kopf und rieb meine Augen.

„Ah, der Herr ist wieder wach", sagte David gut gelaunt. „Hast aber lange geschlafen."

„Und tief. Normalerweise habe ich bei Autofahrten keinen intensiven Schlaf. Ich habe sogar geträumt."

„So, so! Und was?", fragte David nach.

„Es war sehr konfus. Ich möchte nicht darüber sprechen." Als ich das sagte, schaute ich David ins Gesicht. Sein Lächeln verflog und er schien sich nun bewusst auf die leere Autobahn zu konzentrieren. Offenbar war er enttäuscht, dass ich ihm nichts darüber erzählen wollte, denn es gab bei uns beiden kein Tabu-Thema. Träume waren erst recht keins.

„Ich erzähle es dir, wenn der Zeitpunkt gekommen ist", erklärte ich. Ob er damit zufrieden war? Leise Kopfschmerzen zogen auf. Während meines Schlafes musste ich sehr verspannt gewesen sein.

30. Davids erste Liebe

David und ich warfen unser Gepäck in sein ehemaliges Zimmer im Haus seiner Eltern. Sie waren gerade nicht zu Hause und so zeigte er mir alle Räume. Das geräumige Wohnzimmer mit dem Kamin fand ich besonders schön. Doch seine sonst so lebensfrohe Art, sein Enthusiasmus war nicht mehr präsent. Ich konnte nicht sagen, weshalb. Allerdings wusste ich, dass es nichts mit der Fahrt hierher zu tun hatte. Nein, erst seitdem David sein Zimmer betrat, bemerkte ich, wie sich sein Gesicht geradezu verdunkelte. Erinnerungen, irgendwelche Erinnerungen, die Spuren hinterlassen hatten, lösten seine finstere Miene aus.

Wir packten schweigend unser Gepäck aus und räumten es in Davids Kleiderschrank, der nur noch Klamotten seiner Jugend bewahrte. Die Stimmung wurde angespannter. Erst als er sich auf das Bett legte, fand ich Worte, um die rätselhafte Spannung vielleicht durch ein Gespräch zu entladen.

„David?", fragte ich zaghaft. „Ist alles in Ordnung mit dir?"

Er rührte sich nicht, sondern starrte an die weiße Decke. Nun bemerkte ich, dass es in diesem Zimmer so dämmerig war, weil die dunkelblauen Vorhänge zugezogen waren. Mir war, als müsste ich endlich Helligkeit in diesen Raum bringen und schritt zum Fenster.

„Lass sie zu und setz dich zu mir!", sagte David und starrte weiterhin auf die Decke, als konzentriere er sich.

Ich begab mich auf die Bettkante und nahm seine rechte Hand in meine.

„Magst du es mir erzählen?", fragte ich. Doch was war „es"? Ich spürte, dass Davids Wortlosigkeit durch dieses Haus, diese Räume ausgelöst worden sein musste. In seiner Vergangenheit musste hier einfach was Schlimmes geschehen sein. Mit mir konnte sein lethargisches Verhalten jedenfalls nichts zu tun haben. Ich betrachtete sein versteinertes Gesicht und erschrak, als eine Träne aus seinem linken Auge rann. Ich wusste nicht, was mich mehr verstörte, seine unvermittelte Wortlosigkeit oder sein trauriger Gesichtsausdruck. Ich wischte ihm die Träne von seiner Wange.

„Letztens habe ich dir doch von meinem ersten Freund Florian erzählt. Wir haben uns vor einem knappen Jahren getrennt, du weißt das ja." David schaute noch immer zur Decke, während er sprach.

„Ja, davon hattest du mal erzählt. Ihr habt euch getrennt, weil er einen anderen hatte?"

„Unterbrich mich bitte nicht mehr. Ich muss meine Gedanken sammeln." Seine Stimme klang bedrückt und zugleich bestimmend. „Jedenfalls waren wir nur ein halbes Jahr zusammen, bis es passierte. Und nein, Marc, er hat mich nicht betrogen. Ich ihn auch nicht. Es ist anders, eigentlich schlimmer. Es war im September des letzten Jahres. Bevor ich weitererzähle, möchte ich dir ein Foto von ihm zeigen."

David verließ das Bett und kramte in einer Schublade nach dem Foto. Offenbar war es nicht leicht zu finden, denn er räumte alte Filzstifte und ausgeschnittene Zeitungsartikel, die leicht vergilbt waren, aus. Dann reichte er mir ein Foto. Florian. Da stand er, herzlich lächelnd, angelehnt an einen Baum, die Arme verschränkt, blondes, schulterlanges Haar, kantige Gesichtszüge und ein schmaler Körper. Ein gelbes T-Shirt und eine dunkelgrüne Bermudas, dazu rote Flipflops. Die Augen schienen mir hellgrün zu sein.

„Hübsch!", meinte ich.

David nahm mir das Foto wieder aus der Hand und warf es auf den Boden und schüttelte den Kopf: „Hübsch!", stieß er verächtlich hervor, als hätte ich etwas Unpassendes über Florian gesagt. David setzte sich neben mich auf die Bettkante und nahm meine Hand. Er musste wohl Kraft tanken für die Geschichte, die ihn offensichtlich so belastete.

„Wie gesagt, es war eines Abends im September, ein Freitagabend. Meine Eltern waren über das Wochenende zu Freunden nach Belgien eingeladen. Ich erwartete ihn voller Vorfreude und hatte mein Zimmer aufgeräumt und mit vielen Teelichtern dekoriert. Auf meinem Schreibtisch wartete ein kleines Päckchen auf ihn mit einem Thriller von Joy Fielding und zwei Konzertkarten für seine Lieblingsband. Das wollten wir im Dezember besuchen. Florian klingelte am besagten Abend. Ich öffnete und er umarmte mich lächelnd und gut gelaunt. Wir gingen auf mein Zimmer …"

Ich bemerkte, dass David um Fassung rang, denn seine Stimme vibrierte, als würden gleich erneut Tränen laufen.

„… und er meinte: ‚Lass schnell machen, wir sind bei Kollegen eingeladen.' Ich musste ihm gezeigt haben, dass ich sein Vorhaben missbilligte. Weder wollte ich eine schnelle Nummer, noch wollte ich den Abend mit seinen Kollegen aus der Kfz-Werkstatt verbringen. Mit ihnen betrank er sich in der Regel nämlich. Ich reagierte entsprechend und meinte: ‚Dann kannst du jetzt auch direkt zu deinen Kumpels gehen. Ich wollte einen Abend, eine Nacht mit dir allein!' Florian setzte sich an meinen Schreibtisch und spielte am Geschenkpapier. ‚Darf ich es aufmachen?', fragte er, meine Bitte ignorierend. ‚Ja', sagte ich. Ich hoffte, er würde seine Meinung ändern, wenn er die Tickets sah. Als er sie öffnete, war er sehr erfreut und wieder lächelte er so süß. Dann warf er die Karten wieder achtlos zurück auf den Tisch. ‚Aber trotzdem gehe ich heute Abend zu meinen Kumpels. Ich muss meinen Alkoholspiegel auf Vordermann bringen.'

‚Du bist unmöglich, ein undankbares Miststück!', schrie ich. Danach geschah alles ganz schnell. Florians Lächeln schwand in einem Ruck, er erhob sich vom Stuhl und kam auf mich zu. Er knallte mir eine, zwei, drei … Er schlug mich ins Gesicht und sein kalter Ring traf meine Lippe. Ich hätte zurückschlagen sollen, aber ich konnte ihn einfach nicht schlagen. Meine Hände waren wir taub und ich spürte auch den Schmerz nicht. Ich schubste ihn aber von mir, um mich vor weiteren Attacken zu schützen. Doch das provozierte ihn noch mehr. Ich sah sein Gesicht, das gar nicht mehr Florian gehörte, das nur aus Angriffsdurst bestand. Ohne es zu ahnen, trat er mir mit seinem Turnschuh in den Bauch, so dass ich mehrere Sekunden keine Luft mehr bekam. Zuletzt warf er mich auf den Boden und ich knallte mit meiner Stirn gegen die Kante meines Schreibtischs."

Unwillkürlich sah ich mir den Schreibtisch an und meinte einen verblassten Blutfleck auf der Kante ausmachen zu können. Ich musste zittern, fast weinen.

„Mit einem dumpfen Gefühl wachte ich nach vielen Minuten wieder auf. Ich konnte die Zeit nicht einschätzen, aber es war nicht mehr als eine Stunde. Ich richtete mich auf und wischte mit meinem Handrücken über mein Gesicht. Ich erschrak vor dem Blut … vor meinen pochenden Schmerzen an meiner Stirn. Um mich herum lagen Papierfetzen, die einmal Bestandteil zweier Konzertkarten waren. Angst. Angst vor Florian. Für einen Moment glaubte ich fest daran, er wolle mich wirklich umbringen und lauere noch im Haus. Ich krabbelte zum Bett, konnte aber nicht aufstehen, weil meine Stirn pochend protestierte. Ich lehnte mich ans Bett. Die Schmerzen waren eigentlich nicht schlimm. Furchtbarer war Florian, sein Verhalten, das mich so verletzt hatte, in zweierlei Hinsicht. Die Papierfetzen am Boden gaben mir einen weiteren Stich ins Herz - wie eine Axt, die einen nassen Stamm zerschlägt. In diesem Moment wusste ich, dass unsere Beziehung

genauso zerfetzt war. Einen Betrug hätte ich wohl verzeihen können …
Als mir das klar wurde, brachen Tränen aus mir heraus. Ich wusste
nicht, dass ein Mensch so viel weinen konnte. Ich musste von neun
Uhr abends bis morgens um sieben Uhr durchgeheult haben. Das kann
man nicht glauben, ich weiß. Eingeschlafen bin ich nicht. Ich hatte zu
große Angst vor Florian, der vielleicht wieder eindringen könnte oder
sich im Haus versteckt hatte."

Ich legte meinen Arm um Davids Schulter. Wir schwiegen eine
Weile und lauschten nur den Regentropfen, die sachte ans Fenster
klopften, als wollten sie Trost spenden.

„Was hast du dann gemacht? Ich meine, was war der nächste
Schritt an diesem Morgen?", fragte ich.

„Ich bin vor Erschöpfung eingeschlafen, am Boden. Es war ein
ungesunder Schlaf."

Nun rannte auch eine Träne über meine Wange. Zugleich verspürte ich Wut, Wut auf Florian, der von sich hat nie mehr was hören
lassen, und geradezu unerträgliches Mitleid für meinen David.

31. Weiße Lilien

Davids Eltern trafen ein, als wir den Tisch für das Abendessen
eindeckten. Meine Stimmung war nach Davids Geschichte bedrückt.

„Guten Abend!", rief Davids Mutter. Sie trug lange dunkelrote,
offenbar gefärbte, Haare. Aber sie standen ihr sehr gut. Die Falten in
ihrem sonnengebräunten Gesicht konnte sie aber auch nicht durch ihr
lilagelbes Brillengestell, das ihre violetten Augen unterstrich, kaschieren.
Trotz ihres schrillen Auftretens war sie mir sofort sympathisch.

„Ich bin Brigitte!", sagte sie und gab mir einen kräftigen Händedruck. Nach meiner Vorstellung grüßte sie David und begutachtete den
gedeckten Esszimmertisch.

„Sehr schön habt ihr das gemacht. Aber die Blumen …"

„Die habe ich weggestellt", unterbrach eine männliche Stimme, die ich hinter meinem Rücken vernahm. Geschwind drehte ich mich um und erblickte Davids Vater.

„Hallo, ich heiße Thomas!", grüßte er freundlich. Für seine 61 Jahre sah er sehr sportlich aus. Er war noch größer als David und hatte die gleichen Augen wie er. Ein Drei-Tage-Bart ließ ihn fast zehn Jahre jünger aussehen, auch wenn er hier und da graue Ansätze hatte.

„Wieso hast du die Blumen weggestellt, mein Kulturbanause?", fragte Brigitte aufgesetzt.

„Weil weiße Lilien nichts auf dem Esstisch zu suchen haben. Und: Schönheit liegt im Auge des Betrachters."

„Seit mehr fast 40 Jahren weißt du, dass weiße Lilien meine Lieblingsblumen sind. Und ich pflege des Öfteren weiße Lilien beim Essen in meinem Blickfeld zu haben", erwiderte Brigitte und zwinkerte mir zu. „Aber sag mal, Kulturbanause! Willst du nicht endlich unseren Sohn begrüßen. Schließlich besucht er uns selten genug!"

„Wie denn, wenn du mich dauernd aufhältst?", fragte Thomas belustigt und umarmte David. Erneut zwinkerte Brigitte mir zu, was mich an Davids Zwinkern erinnerte.

Zum Abendessen gab es Scholle mit Kartoffelspitzen und Gurkensalat und Weißwein. Die weißen Lilien standen in der Mitte des Tisches und ich empfand sie hässlich.

Ich beobachtete David während des Essens. Ich zählte, wie oft er lächelte und sein Gesichtsausdruck wirkte seit der Erzählung seiner Geschichte deutlich erheitert. Brigitte nahm ihr Glas zur Hand. „So, lasst uns mal auf das frische Glück anstoßen."

Wir erhoben alle unsere Gläser und stießen an.

„Ich finde ja", setzte Brigitte fort, „dass Männer und Frauen überhaupt nicht zusammenpassen. Unsere Ehe ist das beste Beispiel, nicht wahr, Kulturbanause?"

„Ja, mein Schmetterling", erwiderte Thomas und grinste frech.

„Sei mal still, Thomas", fauchte sie und wandte sich wieder an mich. „Männer und Männer passen am besten zusammen. Die Frauen sollten sich nur Frauen nehmen."

„Dann wäre die Menschheit aber irgendwann ausgestorben", wandte David ein.

Brigitte schüttelte den Kopf. „Oh nein! Du musst wissen, dass sich weibliche Hammerhaie gegenseitig befruchten und Nachwuchs erzeugen können. Die brauchen keine männlichen Hammerhaie. Und die Natur wird sich für die Menschheit auch noch etwas einfallen lassen. Es ist nur eine Frage der Jahrtausende."

Brigitte gefiel mir und ich wurde immer unbefangener. Der Abend verging. Brigittes Sticheleien wichen ernsteren Themen wie Atomkraft und Krebs. Nach Mitternacht gingen wir alle zu Bett.

„Die sind witzig!", sagte ich zu David, der sich im Bett zudeckte, während ich meine Jeans auszog.

„Ja, aber ihre Sticheleien können nerven. Für dich muss das unterhaltsam sein." David gähnte.

„Ja, ist es auch. Aber man kann auch ernsthaft mit ihnen reden", bemerkte ich.

„Ja, jetzt aber zu mir, Marc!"

Im T-Shirt und in Shorts stürzte ich mich auf David. Ein langer und leidenschaftlicher Kuss ließ meinen Schwanz schnell steif werden. Mit meiner Zunge tastete ich seine warme Zunge ab. David richtete sich etwas auf, um sein T-Shirt abzustreifen, so dass ich seine leicht beharrte Brust streicheln konnte. Zugegeben, auf seinen flachen Bauch war ich etwas neidisch, aber es machte mich scharf.

„Oh, das tut gut!", stöhnte David und ließ sich wieder zurück in sein Kissen sinken. Ich bemerkte, wie mir Schweißtropfen an der Stirn herabliefen und machte auch meinen Oberkörper frei. David schnalzte anzüglich mit der Zunge.

„Verwöhn mich!", sagte David grinsend. Ich tat nichts lieber und leckte mit meiner Zungenspitze seinen Oberkörper, seine Brustwarzen ab, während er mit seinen Händen meinen Rücken streichelte. Meine Zunge arbeitete sich nach unten vor, bis ich am Gummizug seiner engen, schwarzen Boxer-Shorts angelangt war. Ich konnte die Umrisse seines erregten Schwanzes erkennen. David reichte mir ein Kondom, das er provisorisch unter seinem Kissen versteckt hatte. Von diesem ging ein leichter Pfirsichduft aus. Ich nahm es und zog mit vor Erregung zitternden Händen seine Shorts aus. Dann überstülpte ich Davids steifen Penis mit dem Kondom. Ich war dabei besonders vorsichtig, weil ich nicht wollte, dass er durch meine Berührungen früher kam. Langsam nahm ich seinen Schwanz in meinen Mund. Davids Stöhnen wurde lauter und seine Hände umklammerten immer fester meinen Rücken. Nachdem David gekommen war, war ich so geil, dass ich kurz davor war, mir selbst schnell einen runterzuholen. Doch David richtete sich auf und kam mit seinem Gesicht an meinen harten Schwanz, nachdem ich mein Kondom darüber gestreift hatte. Davids Zunge spielte gekonnt mit meinem erregten Penis, so dass ich laut stöhnen musste. Das war so schön, so liebevoll und so geil. Als er schneller saugte, spürte ich einen Orgasmus, der meinen ganzen Körper durchströmte und mich erzittern ließ.

Erschöpft, aber glücklich lagen unsere nackten verschwitzten Körper über eine halbe Stunde lang schweigend nebeneinander, bis ich die Stille unterbrach. „Meinst du, deine Eltern haben uns gehört?", fragte ich. „Ich habe total vergessen, dass wir nicht alleine im Haus sind."

„Mach dir darüber keine Gedanken! Wichtig ist nur, dass wir Spaß hatten! Lass uns jetzt duschen gehen!", sagte er gut gelaunt und sprang nackt aus dem Bett. Dass er wieder so voller Energie war, wunderte mich. Ich war einfach zu erschöpft, um jetzt noch aufzustehen und zu duschen. David gab mir noch einen Kuss auf die Stirn, bevor er sich seinen Bademantel anzog und durch sein Zimmer verschwand. Und schon schlief ich ein.

Immer noch müde erwachte ich und sah Sonnenstrahlen, die sich ihren Weg durch den dunkelblauen Vorhang bahnten.

Mit bleiernem Arm tastete ich nach Davids Gesicht und spürte nur ein kaltes Kissen. Mit meinen Augen vergewisserte ich mich, dass David nicht mehr da war. Ich drehte mich auf die Seite und schloss wieder meine Augen. Nach wenigen Sekunden hörte ich leise Schritte, die sich offenbar dem Bett näherten. Ich drehte mich langsam auf den Rücken und öffnete meine Augen: David stand mit einem Frühstückstablett vor mir. Mir stieg der angenehme Duft von Kaffee in die Nase, der mich geradezu magisch munterer werden ließ. Auf dem Tablett lag goldener Toast, dunkelrot glänzende Himbeermarmelade befand sich in einem Schälchen, zwei grüne Becher, gefüllt mit frischem Kaffee, und zwei Eier standen daneben. Noch appetitlicher war jedoch Davids Anblick, der sich mir lediglich in Shorts präsentierte. Er schien frisch geduscht zu sein, denn außer dem Kaffeeduft roch ich sein Duschgel.

„Du schöner Mann!", sagte ich.

Behutsam stellte er das Tablett auf den Nachttisch ab und legte sich neben mich. So genossen wir den ganzen Vormittag, hörten nichts als das Vogelgezwitscher, das dezent durch das geschlossene Fenster drang, als wollte die Natur unsere Zweisamkeit nicht durch Geräusche stören. Ich begann erstmals in meinem Leben, mich an kleinen Dingen zu erfreuen: An das Geräusch, wenn David die krosse Toastscheibe mit Marmelade bestrich; an das raschelnde Geräusch der Bettdecke, wenn David eine bequeme Lage suchte; aber auch die Natur begann ich zu schätzen. Ich schaute öfter in den Himmel, und sah manchmal majestätische und bemitleidenswerte Wolken am blauen Himmel, der mich immerzu an Davids blaue Augen erinnerte. Ein neuer Mensch wurde aus mir. Ich war nicht mehr der typische Schüler Marc, der chaotisch lebt, der bis in die späte Nacht zockt oder sich auf LAN-Partys aufhält. Ich erfuhr mich selbst. Wertvoll war nun nicht mehr der rote BMW, den ich mir als Kind und Jugendlicher erträumt hatte, sondern das Zwischenmenschliche.

32. Das, was David begehrt(e)

Brigitte dekorierte am nächsten Morgen ihr Lieblingszimmer. An diesem Morgen brachte sie weiße Lilien mit und ging zaghaft mit ihnen um, als habe sie Angst, sie würden bei einem Atemhauch zerbrechen.

„Schön, nicht wahr?", sagte sie eher zu sich selbst als zur mir, als ich ins Esszimmer trat.

„Habt ihr schon gefrühstückt?", fragte sie mit einem natürlichen Lächeln.

„Ja, vor einer Stunde."

„Oh ja, David ist ein Frühaufsteher. Daran wirst du dich gewöhnen müssen."

„Morgenstund hat Gold im Mund!", hörte ich Thomas' Stimme rufen. Erst jetzt bemerkte ich, dass er im Wohnzimmer ein Buch von Hermann Hesse las.

Brigitte legte mir ihre Hand auf die Schultern und flüsterte: „Sei froh, dass David nicht diese Sprichwort-Krankheit von seinem Vater geerbt hat. Ich hab mich schon bei einem Anwalt informiert, ob das ein Scheidungsgrund sei." Sie zwinkerte. Manchmal war es schwierig, ihren Ernst und Spaß zu unterscheiden.

„Darf ich dich was fragen, Marc?", fragte sie und ich bewunderte ihre violetten Augen.

„Ja, sicher!"

„Du liebst David, was?" Erneut zwinkerte sie.

„Ja, natürlich. Aber als ich bemerkte, dass ich ihn verliebt war… Es war am Anfang gar nicht leicht", sagte ich.

„Jedem Anfang wohnt ein Zauber inne!", rief eine männliche Stimme aus dem Wohnzimmer. Brigitte fasste mir um die Hüfte und drängte mich sanft aus dem Esszimmer.

„Lass uns in der Küche weiterreden", sagte sie. Ihr Blick wirkte kurz gereizt. Sprichwörter waren offenbar ein Problem in diesem Haus.

„Setz dich ruhig!"

Ich setzte mich auf die hellblauen Möbel. Die Küche wurde in einem hellen Gelb gehalten.

Brigitte schenkte mir ein Glas Wasser ein.

„Wie war dein Coming-out, wenn ich fragen darf?"

Neugierde sah ich in ihren Augen funkeln. Ich versuchte, mein gesplittetes Coming-out, so wie ich es zu bezeichnen pflegte, zu rekonstruieren, war mir aber nicht sicher, ob ich es chronologisch erzählen konnte. Zu viele Gedanken gingen mir vor wenigen Wochen durch den Kopf: Da war David, mit dem alles begann ... Dann mein Coming-out bei Tom, der mich testen wollte, der Verrückte.

Brigitte meinte, dass ihr Neffe ohnehin „einen an der Waffel" habe.

Ich setzte meine Erzählung fort mit dem Coming-out bei meinem damals besten Freund Alex, der homophob reagierte und wenige Stunden später starb. Brigitte interpretierte dies als Strafe. Ihre Bemerkung traf mich, weil ich Alex niemals ein so kurzes Leben gewünscht habe ... Aber ich musste zugeben, dass mir der Gedanke auch schon gekommen war. Ich konnte die Geschichte nicht beenden, da sie mich unterbrach und unbedingt Davids Coming-out loswerden wollte.

„Im Alter von etwa 15 und 16 Jahren hingen Poster von Boy Groups in seinem Zimmer. Vor allem von diesem einen Jungen namens Arthur Carter oder so sammelte er viele Bildchen und schnitt sie aus den ‚Bravos' aus. Er schnippelte oft vor unseren Augen in der Küche."

„Und dann wussten Sie, dass ..."

„Sag ‚Du' zu mir! Sonst komme ich mir so alt vor", unterbrach sie mich. „Aber du hast recht, Marc. Die Poster und sein Sammeln diverser Teenager-Fotos war sein Coming Out."

Ich bewunderte Davids Handeln: Subtil, aber wirkungsvoll.

„Und dann war Ihnen ... dir klar, dass er schwul ist?", fragte ich.

„Aber sicher!" Brigitte lehnte sich strahlend zurück. „Natürlich hegte ich zuerst nur einen Verdacht und begann ihn dann genauer zu beobachten. Hinterhältig, wie ich war, legte ich einmal einen Film ein, in dem sich zwei schwule Männer küssen und sich langsam entkleideten. David wurde rot."

Offensichtlich war es ihr ein Vergnügen, diese Coming-Out-Geschichte in allen Details zum Besten zu geben. Ich tat ihr den Gefallen und hörte geduldig zu. Ihre Wortwahl war zu geschliffen, als dass sie die Story noch nie jemand unterbreitet hätte.

„Mit der Zeit wechselten die Poster. Das war klar, weil David ja älter wurde und sein Interesse für reifere Männer, also in seinem Alter, wuchs. Mit 18 Jahren war es dann Hayden Christensen, der meinen David in seinem Zimmer mit seinem gefährlich-erotischen Blicken in Erregung versetzen konnte. Ich kann das nachvollziehen, denn ich würde Hayden auch nicht von der Bettkante stoßen."

Das war wohl eine eingeübte Pointe. Im Kreise ihrer Freundinnen, die laut David aus reichen Edelhausfrauen und frühpensionierten Lehrerinnen bestand, soll das wohl *der* Renner sein. Ich versuchte, sie mir mit Hayden Christensen im Bett vorzustellen. Schaurig!

„Nun denn!", sagte sie und betrachtete ihre violett gefärbten Fingernägel.

Ich nickte nur und überlegte, was ich sagen sollte. Sie schwieg. Sprich weiter!, oder David, komm und unterbrich sie, dachte ich. Als habe sie meine Gedanken erfasst, schüttelte sie kurz den Kopf und wechselte mit bedrückter Stimme das Thema.

„Die schlimmsten Sorgen haben wir uns allerdings gemacht, als David einmal mit dem Motorrad verunglückt ist." Betreten schaute sie auf den Tisch.

„Was?", rief ich erschrocken. „Davon wusste ich bislang nichts."

„Ich weiß auch, warum. Er will nicht, dass du ihm das Motorradfahren ausredest. Er liebt es, ist aber seit Monaten nicht mehr gefahren. Der Unfall ereignete sich letztes Jahr im Oktober. Nasses, ja durchgeweichtes Laub, war wohl Ursache für seinen Sturz von einem Abhang. Es dämmerte und er war zu schnell."

„Wie schwer war er verletzt?", fragte ich angespannt. Obwohl David heute bester Gesundheit war, sorgte ich mich, als wäre er vor wenigen Minuten verunglückt.

„Er lag vier Tage im Koma und sein linkes Bein war gebrochen." Brigitte begann leise zu weinen. „Es bestand auch Lebensgefahr … Zumindest für 24 Stunden. Das waren die schrecklichsten Stunden unseres Lebens."

Brigittes Tränen vermischten sich mit ihrer Wimperntusche und sie sah aus wie eine veraltete Gothic-Braut. Zu gerne hätte ich ihr ein Taschentuch gegeben, doch in solchen Momenten hat man ja nie eines griffbereit.

„Danke! Marc, du bist unsere Hoffnung, dass David nie wieder Motorrad fährt."

„Ich? Wieso? Er fährt doch gar nicht."

„Das denkst du. Thomas und ich nehmen an, dass er vielleicht heimlich Motorrad fährt. Noch im April haben wir gesehen, dass er einmal mit einem Helm zu uns ins Haus kam. David dachte an dem Tag, dass wir weg seien. Frag mich aber nicht, wo er das Motorrad parkt."

Brigittes Handy klingelte und sie ließ sich entschuldigen. Ich sah David auf einer kurvenreichen Straße auf seinem Motorrad rasen, zugegeben, er sah dabei sehr attraktiv aus. Ich beschloss, dass ich ihn nicht auf das Motorradfahren ansprechen werde, da ich dachte, dass er ohnehin zu gegebener Stunde von seinem Unfall erzählen würde. Außerdem konnte ich nicht glauben, dass er heimlich mit seiner Maschine unterwegs war, da ich dafür keinen einzigen Anhaltspunkt sah.

33. Spuren der Vergangenheit

David und ich genossen den Tag nach Brigittes Gespräch am Vormittag. Der Tag war voller Erinnerungen aus seiner Kindheit und Jugend. Ich sah, wo David zur Schule ging und auch, wo er gerne mit Freunden im Park relaxte. Meine Vorstellungskraft reichte aus, um ihn an einem Sommertag halbnackt auf der Wiese zu sehen, umgeben von Teenie-Mädchen, die darum bemüht waren, ihn heimlich zu beobachten. Wer weiß, vielleicht haben auch ein paar Teenie-Jungs noch heimlicher ihr Interesse an David durch schüchterne Blicke bekundet.

„Pizza?", fragte er mich am Abend, als er das Auto schon zu einem offenbar erlesenen italienischem Restaurant lenkte.

„Klar!", sagte ich. Ich war froh, dass Davids verstimmte Phase nun vorbei war. Die Erinnerungen an Florian hatten ihn sichtlich mitgenommen. Wir verließen seinen Wagen und gingen Arm in Arm in das ausgesuchte Lokal. Er öffnete mir, charmant wie er manchmal zu sein pflegte, die Glastür. Ich trat als Erster ein und grüßte den Kellner, der mir anbot, meine dünne Jacke abzunehmen. Ich reichte sie ihm, dann geleitete er uns an einen Tisch für zwei Personen am Fenster mit wunderbarer Aussicht auf ferne Hügel und kleinen Dörfern. Zu schade, dass es allmählich zu dämmern begann.

Der rothaarige Kellner entfernte das Reserviert-Schild unseres Tisches, zündete die Kerze an und fragte uns, ob wir schon etwas trinken wollten. Nachdem wir zur Feier des Tages einen Rotwein bestellten, lehnte ich mich zurück und betrachtete die Landschaft.

„Sehr schön hier. Man kann richtig weit schauen."

„Warte mal ab, wenn die Lichter in den Orten angehen!", sagte David und lächelte.

Wie ich das liebte. Ich fokussierte kurz die Personen, die hinter David am Tisch saßen, offenbar auch zwei junge Männer, vielleicht ein Pärchen. Ich bildete mir ein, in zwei Männern ein Paar zu sehen, seitdem ich mit David zusammen war. Als ich das Gesicht des Blonden fixierte, der frontal in meinem Blickfeld saß, beschlich mich ein ungutes Gefühl, das ich nicht erklären konnte. Auch er schaute mich gefühlte zwei Sekunden an. Verlegen spielte ich mit meiner Serviette.

„Was ist denn?", fragte David.

„Nichts!"

Ich wusste nicht, was mich an dem jungen Mann mit den kurzen, gestylten blonden Haaren so irritierte. Spürte ich Angst? Ich wagte es, ihn ein weiteres Mal zu fixieren. Und dennoch konnte ich ihn nicht einordnen, konnte nicht sagen, woher ich ihn kannte … und ob ich ihn überhaupt kannte.

Ich ging meinen flüchtigen Bekanntenkreis durch. Der Blonde gehörte nicht in meine Vergangenheit. Er war weder ein Mitschüler, noch ein Freundesfreund. Er war auch kein entfernter Verwandter.

Ein dritter Blick gab mir dann endlich Gewissheit: Ich stellte ihn mir im lässigen T-Shirt und mit dunkelblonden schulterlangen Haaren vor. Florian! Ja, da saß tatsächlich Florian hinter unserem Tisch. Ich war so froh, dass David ihm den Rücken zudrehte.

Nachdem der Kellner uns den Rotwein brachte, nahm ich Davids Hand.

„David, kannst du mir am heutigen Abend einen Gefallen tun?", fragte ich mit ernster Miene.

„Ja, klar!"

„Drehe dich bitte nicht um heute Abend!", sagte ich. Kaum hatte ich diesen Satz zu Ende gesprochen, wollte er sich reflexartig zum anderen Tisch umdrehen. Da drückte ich seine Hand fest.

„Ich sagte, nicht umdrehen!"

Mit runzelnder Stirn schaute er mich an und schien nicht zu verstehen.

„Wieso nicht?"

„Bitte, tu mir einfach heute Abend den Gefallen. Mehr brauchst du nicht tun", sagte ich.

„Okay! Wenn's weiter nichts ist!"

Erleichtert stießen wir an und bestellten uns eine Pizza für zwei Personen. Zum Glück war das Restaurant auch so voll, dass wir seine Stimme gar nicht heraushören konnten. Dennoch fixierte ich, wenn David sich aufs Schneiden und Essen konzentrierte, Florian immer wieder für einen flüchtigen Augenblick. Mich nahm er nicht wahr, denn er schien mit seinem Freund eine angeregte Unterhaltung zu führen. Erst als Florian laut zu lachen begann, versuchte ich mit meinem Geschirr laut zu klimpern. Doch es half nichts: David beendete das Kauen und sah mich erschrocken an.

„Ich kenne dieses Lachen!", sagte er. Seinem Gesichtsausdruck nach zu urteilen, überkam ihn in diesem Augenblick Angst, eine Angst, die ich noch nie bei ihm gesehen habe.

„Dreh dich bitte nicht um!", forderte ich ihn leise auf. Doch er tat es und blickte Florian direkt an, während sich sein Lachen in eine bittere Miene verwandelte. Die Stimmung änderte sich, als zöge eine blaugraue Wolke über unseren Tischen auf.

„David", brachte Florian hervor, wusste aber nicht, wie er reagieren sollte. Nun drehte sich auch sein Gegenüber mit den Rasta-Locken zu uns um. Florian erhob sich langsam, trat vor David und gab ihm die Hand.

„Hallo, David! Das ist mein Freund Berti."

Wenn es die Situation zugelassen hätte, hätte ich mir ein Kichern angesichts des Vornamens nicht verkneifen können.

„Hallo!", sagt Berti und lächelte extrem.

David ergriff das Wort: „Das ist mein Freund Marc!"

Florian winkte mir und zwinkerte. „Ihr seid ein schönes Paar!", meinte er. Offenbar meinte er es ehrlich. Mir fiel schwer, in Florian den Schläger zu sehen, von dem David mir erzählt hatte. Auch wenn ich ihn für das, was er David angetan hat, verabscheute, fühlte ich zugleich eine wachsende Sympathie für ihn.

„Lass uns gleich noch ne Kleinigkeit in der Stadt trinken gehen!", schlug ich vor und schon trat David mich mit warnendem Blick gegen mein Schienbein.

„Unbedingt!", rief Florian. „Ich will unbedingt wissen, wie ihr zusammen gekommen seid!"

Davids Blick sprach für sich. Aber ich war zu neugierig auf Florian. Es war nicht so, dass ich etwas für ihn außer Sympathie empfand. Dennoch könnte er einen netten Freund abgeben, dachte ich - selbst wenn er Davids Ex ist.

Gesättigt saßen David und ich im parkenden Auto. Er wollte nicht starten. Wartend saß ich neben ihm.

„Was ist?", fragte ich.

„Ich darf eigentlich nicht fahren. Ich habe ein Glas Rotwein getrunken", meinte er mit einer kühlen Stimme.

„Sollen wir mit dem Bus fahren oder laufen?"

„Nein!", erwiderte er schroff und startete den Motor. „Wir müs-

sen ja noch in die Stadt, willst unbedingt den tollen Florian kennenlernen, den Jungen, der deinen Freund fertiggemacht hat."

Er parkte rückwärts aus.

„Entschuldige, David, aber Florian ist mir sympathisch und ich
fand ihn nett."

David schwieg und fuhr.

„Ja, das war er mir auch, als ich mich in ihn verliebte. Er tut so, als
ob zwischen uns nichts vorgefallen ist. Dabei hat er Schmerzensgeld
zahlen müssen und wurde vorbestraft. Er sollte im Knast hocken!"

Ich schüttelte den Kopf. „David, ich kenne nur deine Version der
Geschichte. Und so, wie ich Florian gerade erlebt habe, kann ich dir
nicht alles glauben. Ich muss auch ihn kennenlernen, um mir ein Urteil
zu erlauben."

Eine Vollbremsung ließ mich nach vorne schnellen, obwohl ich
angeschnallt war.

„Du weißt ja nicht, was du da redest!", schrie David. „Geh mit
den beiden einen trinken, ich lass dich gleich an der Bar raus!"

„Nein, ohne dich gehe ich nicht!"

David reagierte nicht. Er hielt vor der Bar mit blauer Leuchtre-
klame, unter der rauchende Gestalten standen und uns kritisch betrach-
teten.

„Da wollen wir etwas trinken?", fragte ich zweifelnd.

„Ihr drei, ja! Florians Wagen steht da vorne. Wir sind früher immer hier gewesen, es ist seine Stammbar. Jetzt raus!"

Ich blieb auf dem Beifahrersitz. Mir wurde klar, dass wir unseren
ersten Streit hatten und wollte ihn schnell beenden.

„Hör mal!", sagte ich, „Ich bin nicht zurechnungsfähig. Ich habe
drei Gläser Rotwein getrunken. Und ich spüre, dass ich ihn kaum
vertrage. Lass uns fahren."

David verdrehte die Augen und tippte ungeduldig aufs Lenkrad.

„Geh jetzt!"

„David, bitte …"

„Geh!", schrie er. Die rauchenden Männer konnten ihn offenbar durch die geschlossenen Scheiben hören, denn ihr Blick richtete sich auf uns.

„Ja … Aber wie komme ich von hier zu dir nach Hause?", fragte ich, mittlerweile immer leiser werdend.

Erneut verdrehte David seine Augen.

„Verlass jetzt meinen Wagen. Du brauchst mich heute Nacht gar nicht mehr aufzusuchen. Vielleicht hat ja mein Ex ein Gästezimmer für dich."

Um nichts Falsches mehr zu sagen, stieg ich aus, musste aber eins noch wissen:

„Soll er mich dann morgen zu dir bringen? Oder holst du mich ab?"

„Ich hole dich bestimmt nicht mehr ab! Leb wohl!"

34. Die Auseinandersetzung

David beugte sich über den Beifahrersitz und schloss meine Tür, ohne dass ich noch etwas erwidern konnte. Sekunden später sah ich nur die Rücklichter seines Wagens um die Kurve biegen. Hatte er Schluss gemacht? Im Streit Schluss gemacht? Ich dachte intensiv über unser spannungsreiches Gespräch nach und versuchte mir jedes Wort in Erinnerung zu rufen. Doch ich schien krank zu sein, krank vor Kummer, ein Gefühl, das ich kannte … Tränen schossen mir in die Augen. War David verloren? Ich fühle ein unangenehmes Gefühl aus meinem Herzen strömen, ein Befinden, welches ich auch in der Klinik hatte, nachdem ich mich in David verliebte. Nur war es jetzt viel schmerzhafter und intensiver.

Jemand tippte mir auf die Schulter. Ich drehte mich um und erkannte einen der rauchenden Männer. Er war stämmig und trug eine Lederkluft.

„Na, Freund verloren?", fragte er.

„Ich … ich hoffe nicht!" In diesem Augenblick überkamen mich

Tränen und ich musste mich anlehnen, diesen Mann umarmen, damit er mich tröstete.

„Ist gut, Junge! Weine dich aus! Ich spendiere dir einen Drink, ja?"

Ich spielte die ganze Nacht mit dem Dekorations-Schirmchen auf meinem Kirsch-Cocktail. Florian und sein Freund versuchten mich an der Theke aufzuheitern, wo ich mehr als drei Stunden auf einem Hocker saß.

„Komm, David kriegt sich wieder ein", sagte Florian und fasste mich an meiner Schulter.

„Ich weiß nicht ..."

„Worum ging es überhaupt?", fragte er.

„Willst du das wirklich wissen? Es ging um dich!" Einerseits fand ich Florian sehr nett und fürsorglich, aber andererseits konnte ich ihm ins Gesicht schlagen, denn ohne seine Begegnung läge ich jetzt glücklich mit David im Bett.

„Um mich? Ich bin doch nur noch sein Ex!"

„Eben!" Ich bemühte mich um einen klaren Kopf. „Und warum habt ihr euch getrennt?"

„Weil David mich zur Weißglut brachte. Mehrmals."

„Und deshalb prügelst du ihn bewusstlos?", fragte ich aggressiv werdend.

„Unsinn! Er hat mich provoziert, zeigte keinen Respekt für meinen Männerabend. Dann habe ich ihn ins Gesicht geschlagen und getreten. Er ist dann etwas unglücklich gefallen ... Was soll's, ich habe ja Schmerzensgeld zahlen und Sozialstunden ableisten müssen."

Zu gerne hätte ich ihm in dem Moment auch in seine selbstgerechte Visage schlagen können, sein zugegeben hübsches Gesicht entstellen wollen. Berti belauschte kritisch unser Gespräch.

„Weißt du, dass ich dich gerade in Schutz genommen habe? Ich konnte oder wollte nicht glauben, dass ein so zierlicher, hübscher Mann wie du zu so etwas fähig ist. Wegen dir ist mir David abgehauen."

Florian winkte meinen Vorwurf ab und grinste.

„Ihr beiden passt echt gut zusammen, ihr zwei Weißwürste!"

„Lasst uns drei doch einfach etwas freundschaftlich trinken", schlug Berti vor.

„David wollte auch keinen Dreier!", sagte Florian gehässig. „Er ist überhaupt prüde."

„Sag mal, tickst du noch ganz richtig? Ich will auch keinen Dreier!" Ich wurde lauter.

„Schade, dich hätten wir heute Nacht gerne mitgenommen. Berti findet dich auch geil."

Berti nickte, um seinem Freund zuzustimmen. Beide ekelten mich nun an und die Sympathie für Florian war Hass gewichen.

„Du bist so widerlich!", sagte ich.

„Oh, der Knabe wird frech. Ich denke, dir muss mal dein Maul gestopft werden", sagte Florian. Sein Kopf schnellte auf mich zu und unwillkürlich fühlte ich seine Zunge in meinem Mund. Ich versuchte, ihn wegzustoßen, doch ich konnte keine Kraft aufbringen.

„Lass ihn doch, wenn er wirklich nicht will", forderte Berti.

Florian ließ von mir ab und zwinkerte mir zu.

„Nun kannst du David erzählen, dass du seinen Ex geküsst hast. Nicht wahr, Berti, hat er doch!"

Florians Grinsen provozierte mich zu einer Ohrfeige. Ich erinnerte mich in diesem Moment daran, wie ich auf Toms Wange schlug. Der Unterschied war nur, dass Florian es verdiente. Er schaute mich kurz erschrocken an, packte mich an meinen Oberarmen und warf mich vom Hocker. Ich konnte mich noch mit beiden Händen auf den kalten Fliesen abstützen, sonst wäre mein Gesicht auf den Boden geknallt. Ich sah Florians Turnschuhe auf mich zukommen. Er holte zum Tritt aus, traf mich aus einem unerklärlichen Grund jedoch nicht … Vorsichtig richtete ich mich auf und sah, dass Berti bei Florian den Polizeigriff anlegte. Die anderen männlichen Gäste standen mit ihrem Getränk nur wie Bäume im Wald herum und schauten verdutzt auf unsere Rangelei. Ich erhob mich und verspürte nirgends Schmerzen, außer in meinen Handflächen. Stehend ging es mir deutlich besser, denn so hatte ich die

Lage besser im Blick und konnte mich gegebenenfalls wehren.

„Lass mich los!", schrie Florian Berti an und wand sich. Ihm war es offenbar unangenehm, dass er vor allen Augen in Zaum gehalten werden musste. Wie eine Schlange befreite er sich aus Bertis Griff, so dass ich einen Schritt zurückwich. Er nahm mein Cocktail-Glas und schmetterte es in Bertis Gesicht.

35. Der Schuldige

In Davids Armen fühlte ich mich am nächsten Tag geborgen wie nie zuvor. Wir redeten nicht viel, weil ich zu müde und er noch etwas sauer auf mich war. Dennoch war ich ausgesprochen erleichtert, dass David mir verzeihen konnte. Nachdem er die Nachrichten um 5 Uhr morgens gehört hatte, machte er sich Sorgen um mich und fuhr zu Florians Stammbar. David erzählte mir dies alles auf dem Rückweg.

„Soll ich uns etwas Rührei machen? Wir haben noch nichts zu Mittag gegessen und meine Eltern kommen gleich nach Hause", sagte er.

„Nein, ich möchte lieber noch etwas Schlaf nachholen", murmelte ich und drückte meinen Kopf in Davids Kissen. Sobald ich die Augen schloss, kamen die Bilder der vergangenen Nacht in mein Bewusstsein: Ich sah einen anderen Florian als den, den ich im Restaurant kennengelernt hatte; ich sah einen ausholenden Turnschuh; ich sah Krankenwagen und Polizei mit Blaulicht vor der Bar. Und das Schlimmste war Bertis Anblick. Nein, an Schlaf war doch nicht zu denken.

„David, meinst du Berti ist blind?"

„Keine Ahnung. Kommt auf die Verletzung an", antwortete David.

„Er hat geschrien wie am Spieß und sich die Hände vor die Augen gehalten."

„Klar, das war ein riesiges Cocktail-Glas ... Marc, es hätte mich auch so erwischen können. Man kann sagen, dass ich mit einem blauen

Auge von Florian davongekommen bin. Ich hatte nur eine leichte Gehirnerschütterung." David musste lachen, merkte aber, dass ich es gar nicht lustig fand.

„Ich will mir gar nicht ausmalen, dass Florian dich noch schlimmer hätte verletzen können."

„Vergessen wir ihn! Er ist im Knast und ich will nicht wieder wegen ihm nächtelang Albträume haben."

Von den Träumen wusste ich bis dahin nichts.

„Du hattest Albträume, nachdem er dich geschlagen hatte?"

„Ja ... Fünf Wochen lang. Ich hatte Angst vorm Einschlafen, wie ein Kind, das einen Monsterfilm gesehen hat. Dann habe ich mit einem sehr verständnisvollen und netten Schwulen, Clemens86 hieß er, in einem Forum gechattet, der ähnliches erlebt hat. Das war gut für uns beide."

„Wenn ich dich damals nur hätte trösten können", seufzte ich.

„Ist schon gut. Ist ja vorbei. Jetzt bist aber du derjenige, der Trost braucht, nach alldem, was du erlebt hast", meinte David und streichelte mein Haar.

Im Grunde bin ich ja selbst schuld, dachte ich. Bin ich an allem schuld? An Florians Ausraster und Bertis Verletzungen? Nicht direkt, aber ich habe meinen wesentlichen Anteil dazu beigetragen. Nein, der Hauptschuldige war Florian, so nett und sympathisch ich ihn trotz Davids Geschichte im Restaurant auch fand.

Brigitte wollte jedes Detail meiner Begegnung mit Florian wissen. Offenbar unterhielt sie das mehr als ein spannender Film, da sie während meiner Erzählung Chips aß und Weißwein dazu trank.

„Ist irre! Dieser Florian!", kommentierte sie.

„Mum, jetzt lass Marc mal in Ruhe!", rief David aus dem Wohnzimmer. Er schaute mit Thomas einen Film, während ich im weiß eingerichteten Esszimmer Brigitte gegenüber saß.

„Ihr habt den ganzen Tag für euch. Jetzt lass Marc auch mal mir", rief sie.

„Haben Sie Florian gut gekannt?", fragte ich.

David warf mir einen bösen Blick zu, wollte er doch nichts mehr von diesem Thema hören. Mir fiel zum ersten Mal auf, dass der Name Florian bislang nie über seine Lippen kam.

„Ja, es geht. Der erste Eindruck war super. Ich gebe zu, ich war bezaubert von der ersten Begegnung. Ein so smarter Junge, dachte ich. Das wird ein toller Schwiegersohn", sagte Brigitte. „Aber wir waren über die Maßen geschockt, nachdem wir erfahren hatten, was mit David passiert war. Wir konnten es nicht glauben, weil …"

„Ich hab genug!", unterbrach David sie und stürmte aus dem Wohnzimmer.

Sie setzte aber fort: „… weil Florian doch dazu kaum in der Lage sein konnte. Aber man kann sich täuschen. Du hast ja auch seine Kräfte spüren müssen."

„Ja, leider. Zum Glück hat er mich nur vom Hocker geworfen."

„Wenn ich ihm begegnet wäre, ich hätte ihm all seine Eier mit einem Ruck herausgerissen", sagte Brigitte.

„Autsch!", brachte ich unwillkürlich hervor.

Thomas schaltete sich ein: „Er hat ja nur zwei!"

„Schätzchen, woher weißt du das?"

Der Name Florian fiel in unseren Gesprächen in den Tagen danach nicht mehr. Ich bemühte mich auch, ihn zu vermeiden. Langsam musste ich mir wieder Gedanken um Davids Geburtstag und das Geschenk machen. Nachdem ich wieder zu Hause war, die liebenswert verrückten Eltern von David erlebt und Florian zu gut kennen gelernt hatte, ging ich den Plan noch einmal durch. Da mein Vater tagsüber wieder arbeiten ging, behelligte ich Tamara mit meinem Plan. Ich half ihr beim Auspacken ihres Gepäcks, nachdem sie drei Tage mit zwei Freundinnen auf einem Zeltlager war.

„Ja, mach das doch!", meinte sie, war aber offensichtlich genervt, da ich ihr alles bis ins kleinste Detail erzählte.

„Findest du das kitschig?", fragte ich. Eigentlich hätte ich mir die

Frage auch sparen können. Sie wirkte an ein Mädchen eines Zimmers mit magentafarbenen Tapeten und Postern von Robert Pattinson und Miley Cyrus unpassend.

„Ich weiß nicht, ob David das mögen könnte", antwortete sie.

„Er ist ein Romantiker."

Ich holte die letzten Klamotten, die mit Schlammflecken bedeckt waren, aus ihrer Tasche.

„Was hast du da bloß gemacht?"

„Fußball gespielt!", erwiderte sie, riss mir den Stapel aus der Hand und warf ihn in die Ecke. Ein Stück rechteckiges Papier fiel dabei auf den Boden. Sie hob es auf und bemerkte, dass es ein Foto vor. Darauf war ein dunkelblonder Junge, dessen Haare alle in verschiedene Richtungen standen. Seine Augen leuchteten grün.

„Gib her!", rief Tamara zornig.

„Schon gut, bitte!" Ich reichte es ihr und sie riss es mir aus der Hand. Tamara glättete das Foto und steckte es in ihre Hosentasche.

„Darf ich fragen, wer das ist?"

„Das ist ein Torwart!"

Spontan beschloss ich, Tom zu besuchen.

Aus Tamara war nicht mehr herauszubekommen. Ich würde mich für sie freuen, wenn sie verliebt ist, dachte ich. Dann könnte sie sich von der Trennung meiner Eltern ablenken. Ruhigen Gewissens ließ ich sie allein und stattete spontan Tom einen Besuch ab. Ausnahmsweise stand er nicht im Tor, sondern spielte PC. Auch er bekam mein Vorhaben für Davids Geburtstag zu hören.

„Hat er denn frei?", fragte Tom.

„Leider nicht den ganzen Tag. Aber ich werde das ohnehin erst kurz vor Sonnenuntergang durchziehen."

„Okay ... Sag mal, ich habe von David gehört, dass sein Ex dich angegriffen hat. Stimmt das?", fragte Tom und sah besorgt aus.

„Ja. Ich war an dem Abend nicht zurechnungsfähig. Ich sah in Florian einen integeren, sympathischen jungen Mann. Kennst du ihn eigentlich?"

„Ja, David und er haben uns mal besucht. Er schien sehr aufrichtig und nett, half meiner Mutter beim Abtrocknen und war auch mir gegenüber offen. Aber irgendetwas irritierte sie an ihm, wie sie später meinte."

Brigittes und Toms Sätze über Florian ließen erneut Zweifel an Davids Geschichte wachsen. Doch Florian selbst hat mir ja auch bestätigt, dass er gewalttätig sein konnte. Ich schüttelte den Kopf, als wollte ich meine Skepsis wieder loswerden.

„Es ist so unverständlich. Was ist das für ein Typ? Er ist schmächtig und strahlt Freundlichkeit aus."

Tom sah mich an und sagte: „Gute Beobachter sehen in Florian offenbar mehr. Meine Mutter hat gesagt, dass Florian niemanden in die Augen sehen kann."

„Was?", fragte ich. Der Typ wurde mir mittlerweile immer unheimlicher. Ich dachte an den Abend im Restaurant zurück. Da waren erst die flüchtigen Sekundenblicke. Dann kam die Begrüßung. Auch da fixierte Florian, so wie ich es in Erinnerung habe, mein Ohr oder meinen Mund. Und in der Bar … Ich könnte nicht schwören, dass er mich nicht direkt angeschaut hatte, aber ich war zu der Zeit auch etwas angetrunken und emotional angeschlagen.

„Du hattest mir nie etwas von Florian erzählt", meinte ich.

„Warum hätte ich das tun sollen? Das muss David selbst tun. In unserer gesamten Familie wird der Name nicht so gerne ausgesprochen. David hat Probleme damit."

Das war mir inzwischen klar geworden. Tom starrte den Bildschirm an, auf dem das Moorhuhn dumm glotzte.

„Nun hat er ja den Vogel abgeschossen", sagte er nachdenklich. „Es hätte auch für David schlimmer kommen können."

Dieser Gedanke war mir nicht neu. Auf die Frage, ob ich Berti einen Besuch abstatten sollte, da mir sein Schicksal nahegeht, erwiderte Tom, dass ich das Thema David zu Liebe ruhen lassen müsse.

36. Erwachsen

David und ich belegten eine Pizza und ließen Tamara dabei helfen. Meine kleine Schwester, die in meinen Augen immer noch Schutz braucht, war für David eine angenehme Ablenkung.

„Wie macht ihr's? Habt ihr die Handschellen mal benutzt?", fragte sie, als sie Thunfisch auf dem Teig verteilte.

„Ja!", rief David lachend. Er fand ihre hemmungslosen Fragen offenbar unterhaltsam.

„Und wer wird …", wollte sie ansetzen, doch ich unterbrach sie und meinte, dass sie dringend ihre Hände waschen müsse. Sie gehorchte schnell und ging ins Bad. Dort hörte ich sie leise schluchzen.

„Mist!", sagte ich. „Sie nimmt die Trennung meiner Eltern mehr mit als ich dachte."

„Wieso?", fragte David. „Meinst du, sie weint wegen ihnen?"

Natürlich konnte ich das nicht wissen. Es könnte ebenso gut mit ihrem kleinen Freund zusammenhängen.

Mit rosa Bäckchen kaute Tamara eine Stunde auf ihrer Pizza herum und ihre Augen funkelten, besonders dann, wenn David sie etwas fragte. Ihr ging es besser.

„Was war denn?", fragte ich sie.

„Hab meine Tage! Ja, ich bin schon soweit und ich habe keine Tampons mehr."

„Tamara!", ermahnte ich sie und kam mir wie ihr Erziehungsberechtigter vor. David lachte laut. Immerhin er fand ihre Kommentare unterhaltsam.

Mein Vater kam in die Küche.

„Ich habe frische Pizzas gekauft … Aber ihr habt ja schon …", sagte er beim Reinkommen. Er trug vier Kartons mit Pizza herein und betrachtete das halbvolle Blech.

„Wenn ich das gewusst hätte, hätte ich euch helfen können", sagte er.

Obwohl es nichts mit der Situation zu tun hatte, kam mir Berti in den Sinn. Ich dachte immer zur Unzeit an ihn und an seine Verletzungen. David wollte ich keinesfalls damit behelligen.

Die Sommerferien starteten und ich konnte meinen Schatz öfter sehen. Keine Hausaufgaben, nur David, David, David. Erst als er mehrere Nachtschichten im Krankenhaus hintereinander absolvierte, kam ich tagsüber und während er müde in seinem Bett lag, sortierte ich meine Gedanken. Die Hälfte der Sommerferien war vorbei und ich musste mich beeilen, Davids Geburtstag vorzubereiten. Auch hätte ich Berti in der Klinik besuchen können, aber das hielt ich mit jedem Tag für überflüssiger. Ein stückweit sah ich in ihm David, der auch auf Florian hereingefallen war. Selbst mir hätte so etwas passieren können, bevor ich mit David eine Beziehung einging. Solche Gedanken gingen mir morgens um sechs Uhr durch den Kopf. Leichte Helligkeit breitete sich in meinem Zimmer aus und ich stand auf. Meinen Vater hörte ich in der Küche mit Tellern hantieren. Tamara sah ich im Geiste mit ihrem Plüschkamel, welches sie seit vier Jahren nicht mehr im Bett haben wollte, schlummern.
Ich setzte mich mit Stift und einem Blatt Papier an den Schreibtisch und schrieb auf, was ich alles noch in diesen Ferien erledigen wollte: Davids Geburtstag organisieren war das Wichtigste. Ein wenig mehr um Tamara kümmern kam … Florian vergessen, den Namen löschen, nie mehr über meine Lippen kommen lassen … Berti besuchen? Mit müder Hand schrieb ich die Begriffe „Ring" und „Rahmen" auf. Mehr konnte ich nicht aufschreiben, denn meine Augen wurden schwer und ich fiel in einen eigenartigen Traum: Ich ging in Davids Elternhaus. Alle Räume waren mit einem warmen Licht beleuchtet und nach David suchend, empfing mich Brigitte mit ihrem wellenden Haar. Sie machte feenähnliche Bewegungen, als schwebe sie und warnte mich nuschelnd vor einem Motorrad. Thomas rief, dass David in seinem Zimmer sitze. Zielstrebig ging ich dorthin und David erwartete mich mit übereinandergeschlagenen Beinen in seinem Krankenpflegeroutfit lasziv auf dem Rand seines Bettes. Er zwinkerte mir zu. Als ich auf ihn

zugehen wollte, bremste ich meinen Gang. Erschrocken stellte ich fest, dass Florian unbekleidet unter der Decke hervorgeschlängelt kam und mich anstarrte. Seine blauen Augen färbten sich kirschrot... Ein Klopfen riss mich aus dem verstörenden Traum. Tamara trat ein.

„Ich muss mit dir reden!", sagte sie. Verweinte Augen starrten mich an und ich erinnerte mich an das letzte Bild meines Traums. Ohne mich zu fragen, weshalb ich am Schreibtisch über einem spärlich beschriebenen Zettel eingeschlafen war, setzte sich Tamara auf mein Bett und wischte sich mit einem Taschentuch die Tränen von ihren Wangen.

„Es geht um meinen Freund und mich." Tamara klang so, als stecke sie in einer ernsthaften Beziehung. Ich hielt ihren Freund höchstens für eine kurzlebige Teenager-Liebe.

„Du hast einen Freund?", fragte ich, schauspielerte meine Ahnungslosigkeit, obwohl ihre Reaktion auf das Foto mit dem blonden Jungen, das sie mir mit rotem Gesicht aus der Hand riss, für mich eindeutig war.

„Ja, das weißt du doch! Das Foto!", erwiderte Tamara ungeduldig.

„Wie lange?" Diese Frage meinte ich nun ernst.

„Seit dem Zeltlager. Er geht auf ein Gymnasium und ist nur wenige Monate jünger als ich."

Ich ahnte schon, worauf das Gespräch hinauslaufen sollte. „Und nun hast du ihn mit einer anderen gesehen?", fragte ich und bemerkte gleichzeitig, dass viele Soaps meine Vorstellung vom Scheitern einer Teenie-Beziehung geprägt hatten.

„Nein! Aber ich ... ich habe das hier ..."

Sie holte ein rotes Blatt Papier aus der Hosentasche hervor. Sie reichte mir den Zettel, der offenbar ein Brief ihres Freundes war. In bemüht schön geschriebener Jungenschreibschrift las ich:

Liebe Tamara,
ich finde toll, dass wir zusammen sind. Im Ferienlager war es auch super mit uns beiden. Aber ich hatte Angst vor dir, als du abends in mein Zelt gekrochen bist

und mich geküsst hast. Ich möchte noch ein wenig warten, bis wir unseren ersten Sex haben. Bitte hab Verständnis. Wir beide sind erst dreizehn.

Dein Dani

„Süß!", rief ich aus. „Sorry, aber das ist wirklich niedlich von deinem Freund."

„Was soll ich machen?", fragte Tamara noch immer besorgt.

„Nichts. Trefft euch einfach und habt Spaß", sagte ich und gab ihr den Brief zurück.

„Ja, haben wir ja. Aber hat er jetzt Schluss gemacht mit dem Brief?"

„Schluss gemacht? Weil er noch nicht mit dir schlafen will?", fragte ich.

Tamara nickte mit verweinten Augen.

Ich grinste nur. „Nein, Tamara!" Ich streichelte über ihr dunkelblondes, nach Taft riechendes Haar.

„Nur weil er noch keinen Sex will, heißt das keineswegs, dass er dich nicht liebt. Es gibt so viel Schöneres außer Sex!"

Tamara atmete erleichtert auf und ein Lächeln wanderte über ihre Lippen.

„Wie war das bei dir und David?"

Ich ahnte schon derartige Fragen und erinnerte mich an mein erstes Mal mit David. Er begann mich langsam in meinem Bett zu entkleiden, bevor ich in den Genuss kam, seine harte Brust zu küssen und zu streicheln, seine geschmeidigen Waden abzulutschen, meine Zunge mit seiner bekannt zu machen… Allerdings musste ich aufpassen, dass ich vor Tamara nicht allzu sehr ins Detail gehe.

„Also, es kam weder geplant, noch überraschend. Und wir beide sind ja einige Jahre älter als ihr beide. Ihr seid Sechstklässler. Das kann man nicht vergleichen."

Tamara blieb am Bett sitzen und wartete offenbar auf weitere Ausführungen.

„Ich denke, du solltest nun Hausaufgaben machen", sagte ich.

„In den Ferien?", fragte sie perplex. Ich streichelte ihr über ihr dunkelblondes Haar, doch sie zog ihren Kopf abrupt weg.

„Ich bin nicht mehr das kleine Schwesterchen. Ich will erwachsen sein", sagte sie.

Meine Hand schwebte in der Luft. Klar, sie hat nun einen Freund, der sie tröstet, liebkost und beschützen wird.

37. Bertis Angriff

Ich hörte das Klappern des Briefkastens und ging vor die Haustür, um die Post zu holen. Lediglich ein Reklameprospekt und eine Postkarte mit Strandmotiven und Möwen befanden sich im Kasten. Auf der Karte erkannte ich Toms Schrift:

Hi Marc,
Sind spontan nach Borkum gefahren. Hab verpasst, dir vorher noch Bescheid zu geben. Kommen am letzten Ferientag wieder an. Schöne Grüße auch an meinen Cousin David und euch eine tolle gemeinsame Zeit!

Ich hörte ein Motorrad und schaute zur Straße hinauf. Das Tempo der Maschine war für diese kleine Straße ungewöhnlich schnell. Beinahe erschrak ich, denn ich sah den Fahrer nicht rechtzeitig bremsen, als von der entgegensetzten Richtung ein Möbeltransporter in unsere Straße einfuhr. Doch das Motorrad konnte offensichtlich genauso schnell bremsen wie beschleunigen.

Ich ging wieder ins Haus und warf die Haustür zu. Die kleine Szene vor unserer Haustür bestärkte mich, David auf sein Motorrad anzusprechen. Wenn ich nur wüsste, ob Brigitte und Thomas mit ihrer Vermutung recht hatten, dass er heimlich auf diesem Ding herumfährt … Außerdem entschied ich mich dafür, Berti in der Klinik zu besuchen. Da David an diesem Tag arbeiten musste (was ich hoffte, denn ich wollte nicht daran denken, dass er acht Stunden lang mit dem

Motorrad quer durch Deutschland rast), fragte ich Tamara, ob sie ebenfalls Lust auf einen Trip hatte. Sie wollte ihren Freund Dani mitnehmen. Da er ohnehin in zwei Stunden mit ihr verabredet war, war es für mich kein Problem, mit den beiden in der Bahn in die Stadt von Davids Elternhaus zu fahren, in dem auch das Krankenhaus war.

Mit der Bahn fuhren wir mehr als zwei Stunden. Ich betrachtete während der Fahrt oft Tamara und Dani, die Händchen hielten und gemeinsam aus dem Fenster blickten. Ab und zu spielte er mit ihren Haaren und wickelte lange Strähnen um seinen Zeigefinger. Es war ein harmonisches Bild und zugleich erschrak ich vor der erwachsenen Tamara, war sie doch bisher immer meine kleine freche, aber beschützenswerte Schwester. Ständig war ich ihr großer Bruder, nahm sie als 10-Jähriger an die Hand, wenn ich mit ihr zum Spielplatz wollte, zeigte ihr die Ampeln und Verkehrsregeln in der Innenstadt, kaufte ihr immer zwei Bällchen Himbeereis im Sommer, zog sie auf ihrem Schlitten im Winter durch den Wald. Doch auch Streitigkeiten gab es zwischen uns, an die ich heute sogar gerne zurückdenke. So hab ich sie einmal ordentlich mit Schnee eingeseift und sie verzieh mir lange nicht, dass sie danach eine Woche eine heftige Erkältung hatte und nicht mit der Klasse ins Museum fahren konnte. Als ich Monate später Goldfische in einem großen Teich im Stadtpark zählte, stieß sie ihre Hände gegen meinen Rücken, so dass ich kopfüber völlig bekleidet im Wasser landete. Dies war Tamara zufolge ihre Rache. Komischerweise wünschte ich mir in der Bahn meine kleine Schwester zurück, die sie aber nie mehr sein wird. Noch einmal albern sein, wünschte ich mir. Um mich aus dem Gewebe meiner sentimentalen Vergangenheitseindrücke zu entwinden, begann ich eine Unterhaltung mit Dani, fragte ihn nach seinen Schulleistungen und kam mir dabei vor wie ein entfernter, spießiger Verwandter. „Was macht die Schule?" ist die Frage, die mir bis heute von verschiedenen Menschen gestellt wurde. Und nun ertappte ich mich dabei, derlei Fragen zu stellen.

„Es geht so. Ich sehe nicht ein, Mathe zu lernen", antwortete Dani.

„Das kenne ich", erwiderte ich. „Aber man lernt nicht für die Schule, sondern fürs Leben."

Ich biss mir auf die Zunge, um weitere peinliche Kommentare zu vermeiden. Nach längerer Pause sprach Dani wieder.

„Was macht dein Freund?", fragte er.

„Er arbeitet als Krankenpfleger in einer Klinik."

„Ach so! Und jetzt fahren wir ihn besuchen?", fragte er.

„Nein! Wir besuchen den Ex-Freund von Davids Ex-Freund", antwortete ich und kam mir blöd dabei vor. Ich wünschte, der Zug würde stehen bleiben und dann die Richtung wechseln. Mich überkam ein unangenehmes Gefühl, denn ich wollte nicht wissen, wie es Berti geht. Schlimmer war für mich aber, dass ich David diesen Trip vorenthalten wollte: Ich besuchte den Ex-Freund des Ex-Freundes meines Freundes in der Heimatstadt meines Freundes im Krankenhaus und verheimlichte dies meinem Freund. Was mache ich eigentlich hier?, fragte ich mich. Diese Zugfahrt erschien mir merkwürdig.

Unbehaglich stand ich vor der Zimmertür 132 und klopfte. Am leisen „Herein!" erkannte ich Bertis Stimme. Ich öffnete die Tür und hinterließ eine schweißnasse Türklinke. Nur Berti saß im Krankenzimmer, mit dem Blick zum Fenster. Ich erkannte ihn an seinen Dreadlocks, die offen waren. Er drehte sich zu mir um und lächelte mich leicht an. Seine verkrusteten, lilafarbenen Narben verzogen sich dabei auf skurrile Weise, als führten sie ein Eigenleben. Auf dem linken Auge befand sich ein weißer Verband, der aussah wie ein Wattebausch. Ich ging langsamen Schrittes auf ihn zu und gab ihm meine Hand. Ich war erleichtert, dass er mich sehen konnte.

„Hallo, Berti!"

„Hallo … Ich hätte gar nicht mit dir gerechnet", sagte er. Offenbar hat er meinen Namen vergessen.

„Wie geht's dir?", fragte ich. Schon wieder kam es mir so vor, als ob ich einem mir Unbekannten eine allzu floskelhafte Frage stellte.

„Siehst du doch." Er stand auf, wies mir seinen Platz am Fenster zu und hockte sich aufs Bett.

„Es könnte besser sein. Die Narben verheilen natürlich, dauert aber noch etwas. Aber …"

„Aber?", fragte ich und sah, dass sich in seinem rechten Auge Tränen sammelten.

„Aber mein linkes Auge ist erblindet."

Mir wurde übel, ich holte tief Atem und versuchte, mir nichts anmerken zu lassen.

„Das tut mir sehr leid! Wirklich!", sagte ich leise.

„Meinem rechten Auge geht es aber gut. Hätte ja noch schlimmer kommen können."

„Du hast mich gerettet, Berti", sagte ich und mir wurde in diesem Moment klar, warum ich ihn unbedingt besuchen wollte. „Ich danke dir dafür!"

Nun war der Zeitpunkt gekommen, in dem ich ihm ein Präsent meiner Anerkennung überreichen müsste. Mit Worten versuchte ich meine geschenklosen Hände wieder auszugleichen.

„Wenn du nicht so mutig gewesen wärst, dann läge ich jetzt vielleicht hier. Der wollte mich ja treten, bevor du ihn zurückgehalten hast. Wenn's nach mir ginge, hast du dafür das Bundesverdienstkreuz verdient." Vorsichtiger Humor half mir, mich weniger unbehaglich zu fühlen, auch meine Übelkeit schwand.

„Oh danke!", sagte Berti und lachte kurz.

Ich suchte nach weiteren passenden Worten, so wie ein Fisch am Festland nach Wasser ringt.

„Florian ist krank." Als Berti den Namen erwähnte, durchfuhr mich ein rasanter Schauer. Ich sah Berti fragend an.

„Er wird im Gefängnis von einem Psychiater betreut. Florian hatte eine schwere Jugendzeit. Seine Eltern haben nie akzeptiert, dass er schwul ist, wollten ihn sogar heilen."

Die Informationen klangen so hart, dass ich eine Weile brauchte, um sie zu verarbeiten. Berti machte eine angemessene Pause, bevor er fortfuhr:

„Er ist in einem äußerst homophoben Umfeld aufgewachsen. Selbst sein Vertrauenslehrer meinte, er solle es doch erst mal mit einem Mädchen versuchen. Und mit 18 Jahren wollte er sich die Pulsadern in der Badewanne aufschneiden … Beziehungsweise, er hat es inszeniert und seine Eltern haben ihn davon abgehalten. Dann begannen sie, umzudenken."

„Hat er dir das alles erzählt?", fragte ich.

„Ja. Als er mir die Geschichte erzählte, brach er in Tränen aus …"

Betreten schaute ich zu Boden. Erneut musste ich mein Bild von Florian erneuern.

„Sympathischer ist er mir dennoch nicht! Und die Mitleidskarte, die du deinem Ex zuspielst, ist keine Entschuldigung", sagte ich bestimmt.

„Ich wollte nur, dass du in Florian nicht so einen hirnlosen Brutalo-Schläger siehst."

Ich wusste nicht, was ich von Bertis Worten halten sollte. Als er Florians Geschichte erzählte, klang er einigermaßen sachlich. Doch ich wurde nicht den Eindruck los, dass er Florian vor Davids und meiner Verurteilung schützen wollte.

„Dein David hasst Florian abgrundtief", bemerkte Berti.

„Ja, natürlich. Ist auch klar, nach alldem."

Berti schüttelte den Kopf. „Nein! Ihr verurteilt Florian, ohne seine Geschichte zu kennen. Auch David kennt sie nicht. Er geht Florian aus dem Weg, vermeidet Begegnungen mit ihm. Wieso brecht ihr den Stab über ihn?"

Berti suchte offenbar eine Herausforderung.

„Niemand hat den Stab über ihn gebrochen", sagte ich etwas lauter.

„Doch, das habt ihr! Für euch ist er nun gerechterweise im Knast und ihr lebt euer Leben weiter, ohne einen Gedanken an ihn zu verschwenden", warf Berti uns vor.

„Mag sein, dass du das so siehst. Aber David hat dermaßen unter Florian gelitten, dass er nicht mal imstande ist, seinen Namen auszusprechen." Ich beugte mich nun kämpferisch vor und funkelte Bertis rechtes Auge an.

„Verdrängen ist also Davids Devise ... Wisst ihr was? Ihr beide seid auch nicht besser als Florians Eltern!"

Berti war nun nicht mehr ein ernst zu nehmender Mensch in meinen Augen. Er hat es darauf abgesehen, uns anzugreifen, dachte ich. Welches Motiv hatte er, seinen Ex-Freund derartig zu verteidigen? Nein, verteidigt hatte er Florian nicht direkt, aber war dabei, uns mit nackten Vorwürfen zu beschimpfen. Ich weigerte mich, mit David als das Böse dargestellt zu werden. Wider meinen Erwartungen behielt ich meine Geduld und sprach ganz ruhig: „David hat sich nichts vorzuwerfen. Er hat genug unter Florian gelitten, hatte einen Nervenzusammenbruch und äußere Verletzungen davongetragen. Von den inneren Verletzungen will ich gar nicht erst reden. Und jetzt nimmst du sofort zurück, was du eben gesagt hast."

Berti legte den Kopf schief. „Ich denke, ich bin dir keine Entschuldigung schuldig. Im Gegenteil: David und du hättet euch bei Florian zu entschuldigen."

Mir fiel es immer schwerer, Berti zu durchschauen. Ich wollte ihn verstehen. Er kam mir vor wie eine hochkomplizierte Rechnung mit unbekannten Variablen.

„Ich denke, ich werde nun gehen", sagte ich und erhob mich. Kühl reichte ich Berti meine rechte Hand und floskelte Besserungswünsche. Als ich an der Tür stand, drehte sich Bertis Kopf zu mir herum. Für mich erschien er mir nach diesem verstörenden Streit, sofern es einer war, nicht wie ein bemitleidenswerter Mensch, der auf bittere Art von seiner Liebe verletzt wurde, sondern wie ein Bösewicht eines Films, der sich mit seinen Narben vergangener Schlachten brüstet und neue Abenteuer sucht.

„Ich beharre auf meiner Meinung. Und weil ihr Menschen seid, die oberflächlich und nachtragend sind, ist die Welt so schlecht. Ihr personifiziert die Intoleranz unter den Schwulen!", warf Berti in den Raum.

„Denk künftig mal mehr über deine Wortwahl nach. David sagt, tolerieren heißt nur dulden, nicht akzeptieren!"

Bevor Berti eine Erwiderung gab, verließ ich schnell das Krankenzimmer. Er rief mir noch etwas nach, was ich nicht verstehen konnte und wollte. Schnellen Schrittes ging ich Richtung Cafeteria, wo ich Tamara und Dani abgesetzt und ihnen eine Fanta spendiert hatte. Schnell weg von Berti. Mir war klar, dass ich seiner Rhetorik nicht gewachsen war. Nun fielen mir bessere Antworten auf seine Vorwürfe ein. Ich fühlte mich unschuldig verurteilt. Mein Zorn auf Berti wuchs, mein Herz klopfte lauter, mein Tempo wuchs, so dass ich einen Arzt, der zum Not-OP gerufen wurde, überholte. Berti war Student, älter als ich und mir als Oberstufenschüler überlegen, jedenfalls fühlte ich das. Wieso hat er uns solche Vorwürfe gemacht?, fragte ich mich immer wieder. Ich dachte an David und da fiel mir ein, dass Berti Florian womöglich noch sehr liebte. Dass er ihn für das hasst, was er ihm angetan hat, glaube ich ihm nicht mehr. Ist das nicht eine krankhafte Liebe? Wenn ja, darf man sie derartig kritisieren, so wie ich es tue?

37. Aussprache

„Wo warst du gestern?", war Davids erste Frage am Morgen nach dem verstörenden Tag. Er trat mit erbitterter Miene in mein Zimmer und setzte sich auf mein Bett. Ich schaltete den Bildschirm meines Computers aus, um mich ihm widmen zu können.

„Wo warst du?", fragte ich, im Hinterkopf die Vermutung, dass er gestern auf dem Motorrad saß. Ich fühlte mich so, als habe Brigitte mich mit einem Sorgen-Virus angesteckt. Seit dem Gespräch mit ihr, sah ich überdurchschnittlich viele Motorräder. Auf der Zugfahrt sind mir eine Menge solcher Maschinen aufgefallen. Auf jeder hätte David sitzen können.

„Wieso fragst du, was ich gemacht habe? Ich hatte gestern Dienst!", antwortete David ungeduldig. Zu gern würde ich ihm das glauben. Nur verstand ich in dem Moment nicht, warum er so angespannt wirkte.

„Ich habe gestern einen Ausflug mit Tamara und ihrem Freund gemacht", sagte ich und in gewissem Sinne entsprach dies auch der Wahrheit. „Sie hat einen sehr netten Freund übrigens. Die beiden sind echt ein süßes Pärchen. Wir saßen gemeinsam im Zug und sie hielten die ganze Zeit Händchen und …"

David unterbrach mich: „Lenk nicht ab! Du warst bei Berti im Krankenhaus."

Ich fixierte Davids Gesichtsausdruck. Ich spürte, dass es ihn anekelte, dass ich Berti heimlich besucht habe.

„Woher weißt du das?", fragte ich.

„Tamara! Sie hat mir eben die Tür geöffnet!"

Das war mir klar, Tamara weiß auch kein Geheimnis zu bewahren.

„Ich hatte ein schlechtes Gewissen", sagte ich. „Berti hat mich gewissermaßen vor seinem eigenen Schicksal bewahrt. Er hat Flo… er hat ihn zurückgehalten, als er mich treten wollte."

„Oh bitte! Hör auf!" David war sichtlich empört. „Wieso konntest du mir nicht einfach sagen, dass du ihn besuchen möchtest? Vielleicht hätte ich ja mitkommen wollen. An Berti ist nun wirklich nichts auszusetzen."

Also hätte ich David doch von meinem Plan, Berti zu besuchen, informieren sollen. Sicher war es falsch, dass ich diese Fahrt vor David verheimlicht hatte. Aber auf der anderen Seite war es gut, denn ich wollte mir nicht ausmalen, wie David auf Bertis Vorwürfe reagiert hätte.

Plötzlich kam David zu mir und gab mir einen zärtlichen Kuss.

„Du bist eben doch ein gewissenhaftes Schäflein oder wie auch immer dich meine pummelige Kollegin genannt hatte."

Liebevoll streichelte er mir übers Haar. „Ich war nur enttäuscht, dass du mir nichts von deinem Vorhaben erzählt hast", sagte er und in seiner Stimme vernahm ich einen gekränkten Unterton.

„Es war dumm von mir. Und ich hätte den Kerl niemals besuchen dürfen. Ich wusste nicht, dass Flo… dass dein Ex bei Berti kurz vor der Heiligsprechung steht", sagte ich.

„Wieso? Was hat er gesagt?", fragte David ernsthaft.

Aber ich wollte darauf keine Antwort geben. All die Unstimmigkeiten und Streitigkeiten, die sich zwischen David und mir auftaten, kamen ausschließlich durch seine Vergangenheit und Florian zustande.

„Was weißt du eigentlich über seine Familie?", fragte ich. Zu viel blieb für mich über die Beziehung zwischen David und Florian unbeantwortet. Ich erkannte, dass ich das Thema doch nicht für mich abschließen konnte.

„Viel weiß ich nicht. Ich weiß nur, dass er ein Drogenproblem hatte. Seine Eltern schienen mir freundlich", antwortete David.

„Freundlich? Nicht vielleicht homophob oder fundamentalchristlich?", fragte ich nach, denn schon wieder begann eine Information über Florian mich zu irritieren.

„Nein! Nie und nimmer! Die schienen mir durchaus liberal. Homophob waren sie auf keinen Fall, weil der Bruder der Mutter öfter mit seinem schwulen Freund zu Besuch war. Die beiden waren die engsten Freunde der Familie Schlachter."

So, nun musste ich meine Gedanken ordnen: Entweder log Berti oder … Nein, David log nicht, er hätte auch kein Motiv. Ich war mir auch sicher, dass Berti die Wahrheit sagte, zumindest glaubte ich, dass Berti glaubte, die Wahrheit über Florian zu sagen. Für mich gab es trotz allem ein stimmiges Bild über den Ex-Freund Davids: Florian ist krank, verlogen und neigt in angespannten Momenten zu unbändiger Aggressivität.

David bemerkte offenbar meinen Gesichtsausdruck. „Dein Gesicht sieht aus wie ein einziges Fragezeichen. Er ist ein Blender, hübsch, schlank, hat ein zauberhaftes Lächeln und man sieht ihm seine rohe Kraft nicht an. Du siehst ja, dass ich auf ihn reingefallen bin und auf den Kopf gefallen bin ich wahrlich nicht", sagte David.

Selbstverständlich bist du intelligent, dachte ich. Jeder kann auf einen Blender reinfallen, darum werden sie auch so genannt … Als ich mich daran erinnerte, dass ich in Florian Potenzial für einen guten Freund sah, bekam ich Gänsehaut. Auch ich wurde geblendet …

„Ich bin erst am Ende unserer Beziehung auf den Kopf gefallen", scherzte David. Das war das erste Mal, dass er in diesem Zusammenhang eine humorvolle Bemerkung machte. Der beste Zeitpunkt, um dieser leidigen Geschichte ein Ende zu setzen.

„Vergessen wir nun den Typen. Und auch Bertis Name kommt auf unsere schwarze Liste", beschloss ich.

„Abgemacht! Aber Marci, das Thema ist nun wirklich abgeschlossen. Ich will nicht, dass du einen der beiden ein weiteres Mal besuchst." David zwinkerte mir zu.

„Ja, es ist abgeschlossen!", bestätigte ich und meine Gedanken ans Motorrad kamen wie eine Flut in mein Bewusstsein. Zwar spülten sie Florian und Berti weg, quälten mich aber aufs Neue. Ich wusste nicht, ob jetzt der Zeitpunkt war, David auf sein heimliches Hobby anzusprechen.

Eine Weile schwiegen wir einvernehmlich und David lag entspannt wie lange nicht mehr neben mir im Bett. Mir war klar, dass das, was unsere Beziehung gefährdete, keine Macht mehr über uns hatte. Ich nahm Davids Hand in meine und bemerkte seinen kräftigen Druck.

„David?", sagte ich leise. „Ich hab alles über mich gesagt und möchte ich, dass du auch ehrlich bist."

David richtete sich auf und sah mich fragend an.

„Also deine Mutter und ich hatten ein Gespräch. Du hast mir nie was von deinem Motorradunfall erzählt."

Bei dem Begriff Motorrad zuckte ich so zusammen wie bei dem Namen Florian, obwohl es aus meinem eigenen Mund kam.

„Der ist auch nicht erwähnenswert. Ich meine, ich bin heute wieder vollkommen gesund."

„Es hätte aber schlimmer ausgehen können. Und du hast auch in Lebensgefahr geschwebt!"

David dachte nach. Er wusste nichts zu erwidern außer „Ja".

Ich sah tief in seine Augen und dachte daran, dass er weiterhin auf seiner Maschine waghalsige Kurven in der Nacht abfährt. Ich wollte, dass er meine Sorge erkennt.

„Ich fahre noch Motorrad", sagte er plötzlich.

Dies schockierte mich so, dass ich direkt in die Offensive ging. „Du verkaufst es sofort!"

„Mein Motorrad verkaufen? Marci, es hat mir nach der Beziehung mit meinem Ex geholfen, darüber hinwegzukommen. Es bedeutet mir etwas."

„Aber nun hast du mich, David! Und deine Eltern wollen auch nicht, dass du Motorrad fährst! Du hast die Ablenkung nicht nötig, nicht mehr."

David dachte kurz darüber nach, schüttelte aber den Kopf.

„Mit dem Motorrad verbinde ich zu gute Erinnerungen. Es war so erleichternd. Es war nach der Trennung von ihm einfach das Beste. Ich überholte einen Lastwagen in einer Kurve und ein gelber Porsche kam mir entgegen. Ich fühlte einen Adrenalin-Ausstoß. Der Porsche machte eine Vollbremsung."

Ich sah die Szene vor Augen wie in einem Film. Frierend vor Schauder umarmte ich David, so, als wollte ich ihn beschützen.

„Hast du vielleicht auch mal etwas Positives aus deiner Vergangenheit zu berichten?", fragte ich. Allmählich reifte in mir eine weitere Angst heran, dass da noch mehr finstere Geschichten waren.

„Doch, da gibt es einiges. Aber ich halte es wie die Medien: Die traurigsten und schaurigsten Stories haben Vorrang, weil die guten Nachrichten nicht erwähnenswert sind", sagte David schmunzelnd.

„Ich will aber nicht, dass du auch so bist. Ich will etwas Positives hören, David."

Er strich mir übers Haar. „Da ist sonst nichts mehr, Marc. Mach dir bitte keine Sorgen mehr. Und lass mich ruhig Motorrad fahren, solange der Sommer noch anhält, okay?"

Damit war ich nicht einverstanden. Aber mir fehlte nun die Geduld, David das Motorradfahren auszureden. Ich versuchte den

Gedanken zu vertreiben, zumindest vorläufig. Ich kuschelte mich an David und spürte eine aufwallende Müdigkeit in mir. Als ob ich die Zeit für einen Kurzschlaf um Erlaubnis bitten würde, warf ich einen Blick auf die Wanduhr. Sie erschien mir plötzlich riesig und bedrohlich, der Sekundenzeiger lief unerbittlich weiter. Bis zu Davids Geburtstag waren es nur noch wenige Tage und ich wollte, dass es ein unvergesslicher Tag wird.

38. „Kein Opfer eurer Gnade"

Im Traum weiß man Dinge, über die man zuvor nicht informiert wird. Vor allem waren die Träume am Tag ohnehin skurriler als bei Nacht. So ging es mir während meines schlaftrunkenen Ausfluges neben David: Von meinem Bett aus betrachtete ich die geschlossene Tür meines Zimmers, mein Freund neben mir schlief. Ich war mir darüber bewusst, dass Florian im Haus war, ja, er stand vor der Tür meines Zimmers. Ein Dolch mit glänzender Klinge wurde unter der Tür durchgeschoben. Da hörte ich im Erdgeschoss die Stimme meiner Mutter, anklagend und aufrüttelnd. „Hallöchen!", rief sie. Damit riss sie mich aus meinem kurzen Traum, der mich wie eine vierstündige Deutscharbeit ermüdete. Ich rieb meine Augen und sah David an, der wach lag.

„Ist das deine Mutter?", fragte er, als ihre unverkennbare Stimme in mein Gehör drang.

„Ja ...", antwortete ich. Neugierig erhoben wir uns aus dem Bett, was mir angesichts meiner müden Beine schwerfiel, und gingen Richtung Diele. Dort stand ein Mann in weißem Sommeranzug, weißer Sommerhose und weißen Slippern. Sein Haar war unerbittlich zurückgekämmt, so dass man seine hohe, faltenfreie Stirn sah. Seine Augen waren mit einer Sonnenbrille mit Spiegelgläsern bedeckt und das Gesicht erschien mir, als wäre es mit flüssiger Butter eingeschmiert. Auf seiner Stirn meinte ich unsere Flurdecke spiegeln zu sehen. Die Hände am Rücken verschränkt, nickte er mir und David kurz zu. Da ich mich müde fühlte und diesen Kerl nicht zuordnen konnte, kniff ich mich in den Arm, um mich zu vergewissern, dass ich nicht mehr träumte.

David folgte mir, als ich in die Küche ging, wo meine Mutter in einem rosafarbenen Sommerkleid stand. Ich erschrak, als ich ihre künstliche Bräune in ihrem Gesicht sah, gleich dem Mann, der im Flur wartete. Nun wusste ich, dass er ihr neuer Lover war, wer auch sonst. Mein Vater saß im Stuhl und schaute zu meiner Mutter hoch, die einen Monolog hielt, dessen Worte ich aus Erschöpfung nicht aufnahm.

„Halt mal die Luft an! Wir sind nicht auf dein Geld angewiesen", sagte mein Vater aufgebracht.

„Nicht?", fragte sie erstaunt und registrierte erst jetzt David und mich. Ein Lächeln umspielte ihren Lippenstiftmund.

„Hi, ihr beiden! Guten Tag, Herr... Herr David", sagte sie und gab ihm die Hand. Ich fixierte ihre türkisfarbenen Fingernägel, was sie offensichtlich bemerkte. Sie streckte sie mir hin.

„Schön, oder? Gregor und ich fliegen im September in die Karibik."

„Toll!", sagte ich knapp.

„Dein Vater will nicht, dass ich euch finanziell unterstütze", sagte sie, ihr Blick vorwurfsvoll auf meinen Vater gerichtet. „Dabei geht es mir nun besser als je zuvor, auch finanziell. Wir würden euch jeden Monat 1000 Euro zukommen lassen."

„Ich arbeite!", protestierte mein Vater.

„Dein mickriges Gehalt", winkte sie ab.

„Ich arbeite jetzt im Büro, bin dort Gehilfe. Und verdiene dort mehr als ich früher als Maurer verdient habe. Eine Umschulung steht auch in Aussicht."

„Schön für dich! Dennoch zahlen Gregor und ich euch monatlich 1000 Euro. Punkt!"

Mein Vater schüttelte den Kopf: „Nichts da! Wir wollen nicht Opfer eurer Gnade sein!"

„Dann gebe ich es den Kindern. Die wissen Geld vielleicht zu schätzen." Sie wandte sich nun mir zu: „Du nimmst es doch gerne an, oder?"

„Also … ich weiß nicht …", stockte ich. Ich schaute zu David und erwartete, dass er eine Entscheidung traf. Er schüttelte kaum merklich mit dem Kopf und ich begriff.

„Ich wäre dagegen!", beschloss ich. Meine Mutter schaute mich unverständlich an und fixierte auch David mit einem verachtenden Blick. Wenn sie beleidigt war, brach aus ihr normalerweise eine verbale Hasstirade aus, die auch nicht mehr lange auf sich warten ließ.

„Wo ist Tamara?", fragte sie.

„Bei ihrem Freund Dani!", antwortete mein Vater.

„Einen Freund? Die Kleine hat einen Freund? Hier geht ja wohl alles drunter und drüber", schrie sie und verließ dynamischen Schrittes die Küche.

„Gregor, starte den Wagen!", rief sie. Er nickte, löste sich aus seiner Starre, öffnete die Haustür und eilte zum silbernen Cabrio.

„Dein Vater und du habt offensichtlich nichts begriffen!", sagte sie, ohne uns anzuschauen. An der Haustür hielt sie inne und schaute uns an. Es schien, als hätte sie endlich passende Worte gefunden, ihre Kränkung zu rächen.

„Ich sehe es schon von mir: Opa Udo ist mit der Pflege von sechs verhaltensgestörten Enkelkindern überfordert und tapert mit Tamara von einem Therapeuten zum anderen. Marc wird sein Abitur nicht schaffen, weil er sich dauernd an den Krankenpfleger klammert und wird deshalb niemals Ruhm ernten und beinahe das gleiche Schicksal wie ich erleiden, wenn ich nicht zum richtigen Zeitpunkt Gregor kennengelernt hätte."

„Komm jetzt!", rief dieser von der Straße aus.

„Ruf mich nicht!", schrie sie. „Setz dich ins Auto!"

Gregor gehorchte.

„Bist du nun fertig, du übergeschnappte Kuh?", fragte mein Vater voller Ungeduld und Zorn.

„Nein, aber ich lasse Gregor ungern warten. Das Wichtigste ist gesagt!", erwiderte sie und verließ, ohne die Tür zu schließen, das Haus. „Gregor, starte den Motor!"

Prompt zündete er den Wagen. Ich behielt Ruhe, da ich einen derartigen Ausfall ihrerseits erwartet hatte.

„Sollen wir Tamara liebe Grüße bestellen?", rief ich mit vorwurfsvollem Ton nach.

„Nein! Kein Bedarf, Ciao!", antwortete sie vom Beifahrersitz aus und setzte ihre Sonnenbrille auf. „Fahr los!", befahl sie Gregor, doch er kam nur wenige Zentimeter voran, da er den Wagen abwürgte.

David, mein Vater und ich grinsten einvernehmlich.

39. Champagner und Ringe

Es ist erstaunlich, was man so an einem Vormittag erledigen kann, vorausgesetzt, man steht früh auf. Stolz räumte ich an jenem sonnigen Mittag in unserem Garten meine Stofftasche aus und verteilte alle Einkäufe auf dem Metalltisch, in dem sich die Sonne spiegelte und mich unerhört blendete. Dennoch blieb ich dort, wenn auch mit zusammengekniffenen Augen.

Eine Flasche Champagner stellte ich in die Mitte des Tisches. Es folgte eine dunkelblaue, kleine Schatulle. Schon jetzt vermittelten beide Gegenstände ein feierliches Gefühl. Für mich waren das Symbole einer Hochzeit. Meine Gedanken schweiften wieder ab, reisten in die Zukunft und ich stellte mir vor, wie ich David am Abend seines Geburtstages überraschte. Nach all den Tagen, in denen Florian in meinem Kopf wie ein Geist im Spukschloss umherschwirrte und auch das Motorrad aus meinen Vorstellungen nicht weichen wollte, nach all den Tagen nahm ich mir wieder die Zeit in Tagträume zu verfallen. Doch eine Stimme, eine vertraute Stimme, unterbrach mich und rief meinen Namen. Es war Tom, der vor dem Gartenzaun stand und erholt aussah.

„Tom! Bist ja doch wieder da!", sagte ich erfreut. Er stieg, wie es schon immer seine Gewohnheit war, über den Zaun.

„Ja, zum Glück. Wir haben den Urlaub abgebrochen, weil es an der Nordsee nur regnet. Hier ist es bedeutend schöner. Und vor allem windstill."

Ich bot ihm einen Platz und einen Zitronen-Eistee an, den mein Vater an heißen Tagen immer selbst machte. Er meinte, das gebe ihm ein Gefühl von Urlaub, den er sich in diesem Jahr mit uns durchaus hätte leisten können. Aber da sowohl Tamara als auch ich ein eigenständiges Leben aufbauten, waren gemeinsame Familienurlaube kein Thema mehr.

Tom bemerkte die Champagnerflasche auf dem Tisch und die Schatulle, die er in die Hand nahm und aufklappte. In der Sonne funkelnden die beiden Ringe.

„Was ist das?", fragte er verblüfft.

„Das sind Ringe!", antwortete ich mit einem Grinsen.

Tom starrte mich an. „Du willst doch nicht etwa …?", fragte er und ich wusste, was er meinte.

„Doch, will ich. Aber ich würde dich gerne um deine Meinung bitten. Ist es zu früh?"

Tom kratzte sich am Kopf und besah noch immer die Ringe.

„Puh, du stellst Fragen! David war nie jemand, der zu lange auf etwas warten wollte. Er hasst ja, wie du auch weißt, an Schlangen anzustehen oder im Wartezimmer beim Zahnarzt zu warten."

Toms Vergleich war stumpfsinnig.

„Aber du meinst, ich kann ihn wegen einer Hochzeit fragen?", fragte ich in der Hoffnung, dass Tom seine Zustimmung gab.

„Ihr kennt euch noch nicht lange", erwiderte er.

Freilich musste ich ihm recht geben, denn David und ich waren noch nicht mal einen Monat zusammen und erst in der letzten Woche lernte ich stückweise seine Vergangenheit, seinen Ex und seine Leidenschaft für Motorräder kennen. Doch ich wollte David. Es gab keinen Grund, mir mein Vorhaben noch einmal zu überlegen.

„Marc, ich will dich besser warnen", meinte Tom.

Ich versuchte, in seine Augen zu schauen. Seine langen Haare verdeckten sie wie ein Gitter.

„Wovor? Vor David?", fragte ich nach.

„Nein, vor dem Antrag und so. Es ist schön, dass du ihm einen schönen Geburtstag machen willst. Aber ein Antrag … Es ist zu früh und ich kann David in dieser Hinsicht schlecht einschätzen."

Ich wünschte mir nun, Tom nicht um Rat gefragt zu haben. Tief in mir blieb das Vorhaben bestehen wie eine stabile Betonmauer, die gegen Sturm und Erdbeben erhaben ist. Als sähe man mir meine Entschlossenheit an, sagte Tom: „Ich sehe, dass du deinen eigenen Kopf hast." Er grinste.

„Ja, hab ich auch. Ich mache ihm den Antrag."

„Tu, was du nicht lassen kannst. Du bist verliebt. Wenn man verliebt ist, überstürzt man viel. Ich weiß es aus eigener Erfahrung. Stichwort Linda."

Ich erinnerte mich an Toms Geschichte und seinen Liebeskummer.

„Wie geht es dir mittlerweile?", fragte ich. „Du meintest, dass man niemals richtig geheilt ist."

„Ja, das hab ich gesagt. Und in gewisser Weise ist es richtig. Aber ich muss sagen, dass ich Linda heute sehen kann, ohne dass ich an meinen Liebeskummer erinnert werde."

Tom überraschte mich. Ich aber wollte meine Schwärmerei behalten, elektrisiert sein, wenn ich David erwartete, wenn ich ihn sah und mit ihm schlief.

„Du bist ein Romantiker", meinte Tom und warf sein Haar zurück. Es sah aus, als hätte er sich dabei den Hals verrenkt. „Man sieht es dir aber nicht an. Leute, die dich nicht kennen, könnten dich eher für einen albernen Jungen halten, der zwar schüchtern ist, aber in gewissen Situationen nicht lange fackelt."

„Findest du?", fragte ich erstaunt. Mir war nicht klar, wie andere mein Äußeres, mein Handeln, meine Bewegungen auffassen.

„Absolut", bestätigte er und starrte auf die Ringe. Nach einer Weile unterbrach er die sommerliche Stille. „Die Ringe hebst du aber für später auf. David und du müsst euch erst mal kennenlernen und das kann Jahre dauern."

Ich wusste, dass Tom es ehrlich meinte. Allerdings konnte (und wollte) ich ihn nicht ernst nehmen, weil er bislang keine Beziehung führte. Schon zu lange freute ich mich auf diesen Tag, diesen romantischen Moment. Nur das Wetter war die einzige Sorge. „Und wenn er auf deinen Antrag hin Nein sagt?", fragte Tom herausfordernd.

„Nein, das wird er nicht. Ich bin davon überzeugt", sagte ich. Doch was ist, wenn doch? Wie reagiere ich auf ein Nein? Wie äußert David dieses Nein? Wird er es abstoßend sagen? Oder wird sein Nein von einem tröstlichen Lächeln begleitet?

„Marc, du bist in der Oberstufe, David ist Krankenpfleger und ein paar Jahre älter. Du willst doch in deinem Alter, mit fast 17, nicht heiraten?"

„Wieso nicht?", fragte ich. „Warum sollte ich das nicht tun? Weil andere in meinem Alter es auch nicht machen? Weil es nicht konventionell ist?"

Erstmals kam mir der Gedanke, dass eine Hochzeit mit David derzeit tatsächlich ein wenig absurd war. Als Schüler einen paar Jahre älteren Krankenpfleger heiraten? Meine Mitschüler, meine Familie und Verwandten tanzen zusammen mit seiner Familie und Angehörigen sowie seinen Kollegen auf unserer Feier. Tom ließ nicht locker, meinte es offenbar aber gut mit all seinen Einwänden.

„Warte noch mit deinen Plänen. Tue es euch zuliebe. Nach fast vier Wochen kannst du David noch keinen Antrag machen. Und wenn doch, dann hast du einen an der Klatsche. Sorry, aber so sehe ich das!"

Ich bekam den Eindruck, als erkenne Tom den Ernst unserer Liebe nicht. Neid?

„Tom, das ist keine Teenie-Liebe. David ist erwachsen und ich fühle mich auch erwachsen. Unsere Liebe währt langfristig. Ich würde für David alles tun, wirklich alles, mich von ihm abhängig machen und er soll Mittelpunkt meines Lebens sein", versuchte ich zu überzeugen.

„Siehst du, Marc!", sagte Tom und trank sein Glas aus. „Das ist das Gefährliche an deiner jetzigen Verfassung." Er stand auf, bedankte sich für den Eistee und verabschiedete sich. Es war wohl besser für mich, für uns, ihm nichts mehr erwidern zu können.

Gedankenvoll holte ich wenige Stunden nach der Unterhaltung meine E-Mails ab.

„Hey Marc,
Ich hab noch einmal über dich nachgedacht: Liebeskummer fühlt sich wie eine Krankheit an. Aber deine Euphorie ist nicht das Gegenteil von Kummer, sondern ein Verwandter von ihm. Beides liegt eng beieinander. Denk daran, dass auch dein so verehrter David, den du mal als griechische Adonisstatue oder so betitelt hast, auch ein Mensch ist, der dich verletzen kann. Nur als kleiner Hinweis. Ich glaube nicht, dass dich mein Cousin enttäuschen wird, aber dein Partner darf kein Swimmingpool sein, in das du aus zehn Metern unbesehen hineinspringen und dort lange verweilen kannst. Liebe Grüße, Tom"

Meine Güte, dachte ich. Für diese Mail musste er sich aber einen abgebrochen haben. Ich war davon überzeugt, dass seine Mutter ihm beim Schreiben geholfen hatte. Doch mein Plan war unumstößlich. Mich bedrückte nur, dass Tom diesen nicht bestätigte. Niemand sonst wollte ich noch um seine Meinung bitten, weder meinen Vater, noch andere Freunde. Ich war mir unsicher, welchen Rat sie mir gaben und verdrängte auch Toms Einwände.

40. Kinoabend zu dritt

„Ich werde meine Maschine verkaufen", sagte David beim gemeinsamen Abendessen mit meinem Vater, Tamara und Dani.
„Was?", fragte ich und ließ meine sauber aufgerollten Spaghetti von der Gabel in den Teller gleiten.
„Ja, ich verkaufe sie. Guck nicht so überrascht, das war doch

längst fällig."

„Super!", rief ich und küsste ihn über den Tisch hinweg. Tamara und Dani küssten sich ebenfalls.

„Macht ihr uns etwa nach?", fragte ich, nachdem ich Davids Mund und Nase mit roter Sauce beschmiert hatte.

„Ja, warum denn nicht?", sagte Tamara und streckte mir ihre Zunge raus.

„Du hast bald Geburtstag, oder?", fragte mein Vater David.

„Ja, am Samstag", antwortete David.

„In zwei Tagen schon", erwiderte mein Vater erstaunt. „Marc hat ja was vor ..."

Ich trat meinen Vater. Er wusste nur, dass ich mit David den Abend seines Geburtstages an unserem See verbringen wollte. Warme Sonnenstrahlen, wie sie kurz vor der Dämmerung noch die Erde beleuchten, tauchten in unserer Küche auf und fielen auf Davids Gesicht. Wie ein Engel saß er da und so vollkommen. Jetzt, da ich wusste, dass er sein Motorrad verkaufen wird, konnte ich ihn endlich wieder begehren, wie ein Teenager schwärmen und ihn wieder als warmherzige griechische Amorstatue betrachten. Ich begann mit ihm zu füßeln und wusste schon da, dass der Abend mit Sex endete. Ein Läuten ließ meine Träumerei am Tisch beenden. Mein Vater ging zur Haustür. David und ich lehnten uns kauend mit unseren Stühlen zurück, nur um dann festzustellen, dass ein ungebetener Gast in unsere Küche drang: Meine Mutter, diesmal in einem hellgrünen Sommerkleid, verziert mit kleinen roten Herzmotiven. In meinen Augen sah es aus, als hätte ein Alien Windpocken. Meine Mutter erschien nun noch gebräunter und musste an ein knuspriges Hähnchen am Grill denken.

„Ach, wie harmonisch!", rief meine Mutter, als sie in die Küche kam. Mein Vater setzte sich wieder an seinen Platz und aß unbeeindruckt weiter.

„Ich wollte nur sagen, dass ich Tamara ein Konto eingerichtet habe. Und Marc bekommt von mir 300 Euro pro Monat", erklärte sie bemüht sachlich.

„Schön! Und weiter?", fragte mein Vater.

„Nichts weiter. Du brauchst auch nicht protestieren. Die Überweisung ist ein Dauerauftrag und steht fest. Und Tamara kannst du ihr Geld für ein mögliches Studium später wohl nicht absprechen."

„Raffiniert eingefädelt", bemerkte er.

Meine Mutter machte ein gekränktes Gesicht, verbarg es aber gut hinter ihrer dicken Bräune.

„So sprichst du nicht über meinen Partner. Er hat so viele Qualitäten. Und das Wichtigste ist: Er hat Beziehungen zu allem und jedem. Ich muss nun nicht mehr beim exquisitesten Nobelrestaurant der Stadt auf die Preise schauen, ich bestelle einfach, wonach mir ist", sagte sie.

„Das ist mein Freund Dani!", bemerkte Tamara, um auf sich aufmerksam zu machen. „Schön, hallo Dani", grüßte meine Mutter kalt und richtete ihren verächtlichen Blick weiterhin auf die Gabel, mit der mein Vater Spaghetti aufnahm.

„Gregors Wagen fährt übrigens 200 PS", sagte sie dann.

Alle aßen stumm weiter.

„Wir fliegen demnächst in die Karibik und ich brauche mich nicht mehr zu fragen, ob ich zweiter Klasse fliegen soll. Wie gesagt, Gregor hat Beziehungen. In Zukunft stehe ich am Broadway in New York nicht an der Schlange, sondern erhalte Premium-Karten."

Ihr Monolog war krankhaft, zog aber keinerlei Aufmerksamkeit auf sich. Meinen Vater jedoch ging ihre Stimme auf die Nerven und warf das Besteck klirrend auf den Tisch.

„Jetzt sind sicher alle deine Sicherungen durchgebrannt", sagte er.

Meiner Mutter sah ich erstmals zahlreiche Falten in ihrer Knusperhaut an. Ihre Augen funkelten nicht, kein Lächeln lag auf ihren Lippen. Sie sprach wie jemand, der Millionen Euro im Lotto gewonnen hatte, aber nichts damit anzufangen wusste. Sie schaute auf ihre goldene Uhr: „Zeit für meinen Sprachkurs Indisch. Ja, wenn man die Welt bereist, muss man sich bilden."

Sie ging eilenden Schrittes wieder Richtung Haustür. Gregor, der die ganze Zeit dort schweigsam wartete, reichte ihr ihre Handtasche und ging ihr hinterher.

Wir aßen weiter, während mein Vater ein Lachen zurückhalten musste. Die Stimmung war vor Heiterkeit angespannt.

„Wenn du mir keine Premium-Karten für den Broadway geben kannst, dann muss ich mir ernsthaft über den Sinn unserer Beziehung Gedanken machen", sagte David und versuchte, unter Anstrengung ernsthaft zu bleiben.

Dass er mit seinem Hass aufs Schlangestehen Premium-Karten bevorzugte, konnte ich mir schon vorstellen, dachte ich mir belustigt. Trotz des Auftrittes meiner Mutter, der nur den Zweck verfolgte, vergeblich anzugeben, verspürte ich auch Wehmut. Die Frau, die eben einen angeberischen Satz nach dem anderen aneinanderreihte, war nicht mehr meine Mutter, die mich und Tamara großgezogen hatte.

David gab mir zu dieser Zeit Trost, ohne sich dessen bewusst zu sein. Seine Präsenz war für mich wertvoll, ich kam nicht einmal dazu, meine „alte" Mutter oder besser gesagt, ihre verlorene Persönlichkeit zu vermissen. Mein Vater meinte, dass sie nun überhaupt keine Persönlichkeit mehr besäße, sie sei vielmehr eine Patientin für die Psychiatrie. Was sie letztendlich zu ihrem radikalen Lebenswandel bewogen hat, blieb für mich ein Rätsel.

Als ich nach dem Abendessen für David und mich Kinokarten bestellt hatte, bat mein Vater mich, ihn mitzunehmen. So saßen wir wenig später zu dritt im Saal und ließen uns zunächst von aktuellen Pop- und Rocksongs in dezenter Lautstärke unterhalten. Eigentlich könnte man meine, beziehungsweise unsere, ganze Geschichte verfilmen, dachte ich und überlegte mir eine passende Besetzung mit internationalen Schauspielern. Doch niemand, nicht einmal Hollywood-Schönlinge wie Johnny Depp, Robert Pattinson oder Orlando Bloom könnten David darstellen.

„Brigitte hat angerufen", flüsterte David mir zu. „Sie meinte, *er* komme in eine Psychiatrie und unter Sicherheitsverwahrung."

Erst musste ich kurz überlegen, von wem David sprach, doch

schnell fiel der Name mit F ein.

„Kein Gefängnis?", fragte ich.

„Davon hat sie nichts gesagt. Aber er ist offenbar krank."

Noch so ein Fall, dachte ich. Zumindest hat meine Mutter meinen Vater nicht tätlich angegriffen und ihm ein Cocktail-Glas ins Gesicht geschmettert. Umso schärfer war ihre Zunge. Aber ich wollte nicht mehr davon reden, nicht mehr daran denken.

„Du kommst aber Samstagabend an unseren See?", fragte ich David.

„Ja, wir wollen doch ein wenig feiern, auch wenn ich vorher Dienst habe."

„Du hast aber wirklich Dienst? Nicht, dass ich meine Überraschung nicht vorbereiten kann", sagte ich. Dass er überrascht wird, war ihm ohnehin schon klar.

„Ja. Ab 19 Uhr kannst du mit mir rechnen. Und wir können wie letztens die ganze Nacht am See schlafen", sagte David.

Wie ich mich darauf freute! Das Wetter sollte warm werden, punktuell sollten Gewitter aufziehen. Ich war aber optimistisch gestimmt und dachte an einen wundervollen Sonnenuntergang. Ein Foto!, schoss es mir durch den Kopf. Ich habe einen Fotorahmen, aber kein Foto mehr … Ich beschloss, ein Foto von David und mir auf dem Boot zu machen, auf dem wir übermorgen um diese Zeit dahingleiten, die Zeit vergessen und uns aneinanderschmiegen. Der See wird mir dafür die passende Kulisse liefern, dachte ich.

„Wann verkaufst du eigentlich dein Motorrad?", fragte ich David. Ab und an schaute ich auf meinen Vater, dessen Blick auf den grünen Vorhang gerichtet war. Seit vielen Minuten saugte er mit seinem Strohhalm seine Cola aus dem Becher, so dass ich kaum annehmen konnte, dass überhaupt noch ein Tropfen darin war.

„Am Montag! Ich werde wohl 4500 Euro dafür bekommen", antwortete David stolz.

„Wow! Leg es gut an, du kaufst dir davon ja keine neue Maschine mehr."

„Damit fahren wir bald in den Urlaub!", sagte er. „Eigentlich hätte ich schon jetzt einen Termin für die Übergabe mit dem Kollegen, aber du wolltest ja ins Kino."

„Ja, auf die drei Tage kommt es ja auch nicht mehr an", sagte ich, bevor er mich wie so oft reizvoll anzwinkerte.

Trotz meiner schäumenden Glücksgefühle meldete sich mein Gaumen, der den Duft von Popcorn gerne schmecken würde.

„Ich hol uns mal eben was zu naschen", sagte ich. „Nicht weglaufen!"

Es war unser erster gemeinsamer Kinoabend, an dem ich Davids Hand während des Films festgehalten hatte. Es tat mir sehr gut. Mein Vater störte nicht, blieb wortkarg, aber freundlich.

„Danke, dass ich mitkommen durfte", sagte er nach dem Film am Parkplatz.

„Kein Problem!", erwiderte ich. „Können wir David noch nach Hause fahren? Es ist schon spät."

„Nein, bloß nicht. Ich brauche noch Bewegung, nachdem du mich mit Popcorn gemästet hast, die ich eigentlich überhaupt nicht mag. Ich wohne ja hier um die Ecke."

„Ich komme mit dir!", beschloss ich und seine Augen brachten die Freude darüber zum Ausdruck.

„Gern!"

Mein Vater fuhr dann allein nach Hause. Leichte Gewissensbisse überkamen mich, als ich verliebt mit David zu seiner Wohnung lief.

„Ich gehe gerne abends spazieren", meinte David. „Je später, desto schöner."

„Trotz der verrückten Gestalten um uns herum?", fragte ich, ohne auch nur einen Menschen in der Umgebung ausmachen zu können.

„Hier ist niemand und außerdem ist *er* ja nun weggesperrt."

41. Striptease

David schaltete das Licht im Flur seiner Wohnung ein und legte sein Schlüsselbund ab. Ich roch den angenehmen Duft seines Parfüms. Dieser kam womöglich aus den Jacken, die zu meiner Linken an der Garderobe hingen.

„Geh ruhig schon ins Schlafzimmer, ich komme gleich nach", sagte David und zwinkerte, bevor er im Badezimmer verschwand. Im Schlafzimmer schaltete ich meine Nachttischlampe an, zog ich mich bis auf T-Shirt und Boxer-Shorts aus und legte mich ins gemachte Bett.

David machte sich mit einem Husten bemerkbar und lehnte sich mit lässiger Pose an den Türrahmen, nur in seinen eng anliegenden Boxer-Shorts. Unwillkürlich stöhnte ich kurz auf und knetete in meinem Schritt.

David warf sich aufs Bett. Sein rechter Arm tastete den Nachttisch nach Kondomen ab.

„Welche Farbe?", fragte er, als er auf mir lag.

„Rot!", sagte ich.

„Ich nehme gelb!"

Er küsste mich wild und wuschelte mein Haar.

„Ziehst du dich noch einmal an?", fragte ich David. Eigentlich wollte ich meinen Wunsch nicht äußern, denn es erschien mir unpassend in der knisternden Situation.

„Ja … Stehst du mehr auf Kleidung?", fragte er und zwinkerte.

„Jein … Eher auf Striptease …" Meine Ohren wurden rot, aber David folgte meinem Wunsch. Als wäre es seine Berufung, legte er einen professionellen Strip hin, mit geradezu virtuosen Bewegungen. Seine Klamotten lagen nachher im Schlafzimmer verstreut. David war wie eine Praline, welche durch ihre äußere Optik den Blick schmachtender Menschen auf sich zieht. Beißt man hinein, so erlebt man eine noch sinnlichere Überraschung. Er trug jetzt nur noch seine Boxer-Shorts und kam langsam auf mich zu. Mit meiner rechten Hand knetete ich beim Anblick Davids in meinem Schritt.

„Zieh dich aus!", sagte er zwinkernd. Ich tat, was er wollte. Aus der Schublade meines Nachttisches holte er Handschellen hervor.

„Wird Zeit, dass wir sie endlich einweihen!", meinte er. Ich ließ mir gerne gefallen, wie er meine Handgelenke mit den Handschellen am Bettgitter hinter meinem Kopf festkettete. Das Eisen fühlte sich kalt an und für mich war es ungewohnt, dass ich meine Arme nun nicht mehr rühren konnte. Es war aber eine unheimlich erregende Situation, angekettet und wehrlos in Davids Bett zu liegen, während dieser halbnackt vor mir stand. Er zog langsam meine Boxer-Shorts aus und streichelte mit sanften Bewegungen meinen steifen Penis.

„Mach, hol mir einen runter!", sagte ich stöhnend, als ich seine Hände spürte.

„Gleich! Ein wenig Geduld musst du schon haben!", erwiderte er zwinkernd und zog vor meinen Augen seine Boxer-Shorts aus. Ich fing fast an zu sabbern, als ich sah, wie groß Davids Schwanz war. Schmachtend beobachtete ich, wie er ein Kondom darüber zog, bevor er sich nackt auf mich warf. Er gab mir einen langen Zungenkuss und begann dann Küsse auf meinem Körper zu verteilen. Mit geschickten Händen streifte er meinem harten Schwanz ein Kondom über. Sein Gesicht beugte sich über meinen Penis und er begann mir einen zu blasen. Mein Orgasmus war eine Erlösung, mein ganzer Körper vibrierte.

Es war nicht zu übersehen, dass ihn das noch geiler gemacht hatte. Mit einem kleinen Metallschlüssel befreite er mich von den Handschellen, die er scheppernd auf den Laminatboden seines Schlafzimmers warf. Ich legte mich auf den Bauch und signalisierte ihm, dass er mich von hinten nehmen konnte. Er drang sanft in meinen Hintern ein, bevor er allmählich immer fester zustieß. Es tat mir anfangs weh, aber zugleich war es ein sehr schönes und befriedigendes Gefühl.

„Stoß zu, stoß zu!", stöhnte ich und ich spürte seinen Schwanz immer mehr in meinen Hintern eindringen. Nachdem er gekommen war, kuschelten wir beide uns nackt eng aneinander und schliefen ein.

Nur wenige Stunden später deutete sich allmählich die Morgensonne an. David lag nackt, aber halb zugedeckt neben mir. Auch ich war nackt und hauchte in seinen Nacken. Möglichst sanft legte ich meine Hände auf seinen Rücken und streichelte ihn. Auf dem Wecker seines Nachttisches sah ich, dass es 6 Uhr 30 war, eine Uhrzeit, die ich gerade am wenigsten gebrauchen konnte.

„David, du musst gleich aufstehen", sagte ich, ihn immer noch streichelnd.

„Ich weiß. Bleib du ruhig noch", murmelte er. Wenige Sekunden später stand er auf, unbekleidet und kramte seine Klamotten zusammen. Ich beobachtete ihn dabei und an mir regte sich wieder was. Ich wollte aber David jetzt nicht erneut ins Bett verführen, nicht jetzt, wenn er unter Zeitdruck stand.

Mittlerweile mit Short und T-Shirt bekleidet schaute David mich an.

„Na, du bist doch wieder geil", sagte er und zwinkerte, was ich wieder sehr erotisierend fand.

„Ich muss eigentlich um sieben Uhr losgehen … Dann mach ich's dir eben."

Ohne dass ich antworten konnte, schmiss sich David ins Bett, kroch unter die Decke und ich spürte intensiv seine Finger, die geschmeidige und gefühlvolle Bewegungen machten. Er fing an, meine Hoden zu kraulen, bevor er sanft meine feucht werdende Eichel umspielte. Ich spürte, wie mein Glied weiter anschwoll. Mit Daumen und Zeigefinger zog David zunächst sehr langsam, dann immer schneller werdend meine Vorhaut rauf und runter bis ich abspritzte. Es war mir und offenbar auch David egal, dass ich die Bettdecke und das Laken beschmutzte.

„Kommst aber oft!", sagte David grinsend. „Ich muss aber nun wirklich zur Arbeit! Schlaf du ruhig noch etwas!" Zum Abschied gab er mir einen Kuss auf die Stirn und ging.

„Mach's gut! Bis später!", rief ich ihm nach. Kurz danach hörte ich, wie die Wohnungstür ins Schloss fiel und ich schlief ein. Ich musste fast für drei Stunden eingeschlafen sein. Ich fühlte mich zwar nicht ausgeschlafen, aber ich stand trotzdem auf, zog ich mich an und ging in die Küche, wo eine Nachricht von David neben der Kaffeemaschine lag:

Guten Morgen mein Marci,
weiß nicht, ob du mich gehört hast, als ich mich verabschiedet habe. Du hast geschlafen wie ein Stein und ich kann niemanden aus dem Schlaf reißen. Koch dir Kaffee, fühl dich wie zuhause. Heute Abend werde ich aber früh ins Bett gehen, damit ich morgen Abend erholt an unserem See feiern kann. Freue mich sehr darauf! Ich liebe dich, Marci! Bis morgen!
Dein David
PS: Du hast viel Energie!

Den Zettel werde ich mir aufbewahren, dachte ich. Ich machte mir einen Kaffee und aß eine Schüssel von seinem Müsli. Ich fühlte mich in der Wohnung gut, musste aber allmählich wieder nach Hause.

42. Ein unvergesslicher Abend

Sonnenstrahlen wärmten am späten Nachmittag mein Gesicht, als ich mich im Boot niedergelassen hatte. Verheißungsvoll wehte eine Brise Wind über den beschaulichen See und ließ das Wasser kräuseln. Eigentlich wollte ich für einige Zeit in einen Tagtraum versinken, doch der Gedanke an den bevorstehenden Heiratsantrag ließ mich nicht zur Ruhe kommen. Ich musste etwas tun und wenn ich nur ein wenig spazieren gehe. Die Ringe lagen wartend in der dunkelblauen Schatulle, verpackt in goldener Folie, unter der Holzbank des Bootes parat - für den großen Moment. Die Champagnerflasche lag schräg in einem silbernen Krug am Uferrand und wog durch das Aufkommen der Wellen leise hin und her. Ich hoffte trotz der geschmolzenen Eiswürfel im Krug, dass das Wasser kühl genug war. Die beiden Sektflöten waren sorgsam in rote Servietten verpackt, die noch in meinem Rucksack deponiert waren. Was sollte ich jetzt noch tun? Alles war vorbereitet und ich hatte noch über eine Stunde Zeit. Käme er etwas früher, wäre mir das nur recht, dachte ich. Sorgen bereiteten mir ein paar Quellwolken am Himmel, die sich ab und an bedrohlich vor die Sonne schoben. Sie durften meinen Sonnenuntergang nicht stehlen, denn auf diesen Moment hatte ich mich seit Wochen gefreut, die mir wie vergangene Jahre vorkamen.

Ich erhob mich aus dem Boot und begutachtete meine Klamotten, die ich trug. Ich musste nicht lange überlegen, was ich an diesem Abend tragen sollte, denn ich trug exakt die Klamotten, die ich bei unserer ersten Begegnung anhatte, alles andere als feierlich: Das beigefarbene T-Shirt, dunkelblaue Shorts, schwarze Socken und meine grauen Chucks. Ich wäre mir overdressed und wie eine Kitschfigur eines seichten Liebesromans vorgekommen, hätte ich mich in einem weißen Anzug hierhin begeben. David, dachte ich, würde garantiert in lässigen Alltagsklamotten kommen. Säße ich dann mit ihm in einem weißen, unbefleckten Anzug in einem Boot, gäbe diese bunte Mischung der Situation eine unfreiwillige Komik.

Nervös wie ich war, zog ich alle zwei Minuten mein Handy aus der Tasche und wartete auf das Fortschreiten der Zeit, beziehungsweise auf David.

Die Quellwolken türmten sich immer weiter auf. Doch sie sollten mich nicht aus der Ruhe bringen. Alles war vorbereitet, alles war in bester Ordnung und ich ließ mich ins langsam feucht werdende Gras fallen. Der Lärm eines tief fliegenden Hubschraubers störte kurz meine Lieblingskulisse. Die Sonne bemühte sich, warme Strahlen auf das Boot scheinen zu lassen. Ich schloss meine Augen und spielte die Situation erneut durch:

Das Boot trägt mich und David hinaus auf den See, während sich der Himmel immer geheimnisvoller rötlich verfärbt und die Wolken abziehen. In diesem Moment hole ich die Ringe unter meiner Holzbank hervor. David, mir gegenüber sitzend, schaut etwas irritiert. (Was er wohl trägt?) Ich reiche ihm mein Präsent, indem ich ihm in die Augen schaue. Schon hier könnte er etwas ahnen. Ungeduldig wie erwartungsvoll schaue ich sein Gesicht und versuche darin seine Überraschung abzulesen. Mit Tränen in meinen Augen frage ich ihn den berühmten Satz und gehe dabei formvollendet auf die Knie. Das Boot schaukelt gleichmäßig.

Der Klingelton meines Handys riss mich aus meiner Vorstellung und mein Herz begann so laut zu klopfen, dass ich es auf meinem linken Ohr pochen hören konnte.

„David?", sagte ich schnell, ohne vorher auf den Display geschaut zu haben. Ich vernahm aber Toms Stimme und war enttäuscht, dass bloß er es war.

„Ach du, Tom. Ich warte gerade auf David." Ich wartete auf eine Antwort, doch Tom schwieg.

„Marc … David …" Toms Stimme klang brüchig und ich malte mir in Sekundenschnelle aus, dass David einen anderen haben könnte, mit dem er jetzt eine Pizza aß.

„Marc …", begann Tom erneut. „Dein David … ist verunglückt. Mit dem Motorrad."

Ich brauchte eine Zeit, um die Worte zu verarbeiten. Für eine Weile dachte ich, dass Tom einen üblen Scherz machte, aber mir wurde klar, dass das nicht seine Art von Humor ist. Ich wollte nichts, konnte auch nichts sagen. Ich war ein Stein, ein Stein mit einem Handy am Ohr. Leise brachte ich eine Frage heraus.

„In welcher Klinik liegt er?" Ich erhob mich, während ich auf Toms Antwort wartete und wollte meinen Rucksack packen, um schnellstmöglich zu David zu kommen - bis Tom antwortete.

„Er hat die Kontrolle verloren und stürzte über eine Leitplanke in den Wald …" Eine Vision, die ich schon einmal in ähnlicher Weise vor Augen hatte. „Er ist tot, Marc!", flüsterte Tom.

… Ein Stein, der kräftig schlucken musste … Ein Stein, der Tränen raus lassen wollte … Ein Schmerz durchfuhr wie eine Rakete meine Stirn … Für wenige Sekunden hasste ich Tom, hasste ich das Handy … Ich warf es in den See … Ich warf mich aufs Gras und riss es raus ... Ich durfte David nie mehr wiedersehen? Ich durfte David nie mehr wiedersehen ... Ich hasste auch ihn dafür, dass er mich auf diese Weise verlassen hatte... Ich lief zum Seeufer, nahm die Champagnerflasche und schmiss sie gegen einen Baum ... Es war wohltuend zu sehen, wie die Flasche an der Fichte zertrümmerte und die Flüssigkeit in alle Richtungen spritzte ... Stille ... Ich legte mich wieder ins Gras ... Keiner kann mich jetzt hier erreichen ... Ich war zu traurig, um weinen zu können ... Die dunkelgrünen, nassen Glasscherben unter der Fichte ... Sie können mir helfen ... Nur sie können mich ins Elysium befördern ... Ich wollte nicht mehr gehen ... Ich krabbelte wie ein wehrloses Baby zu den Scherben und legte eine besonders gezackte Scherbe in meine Handfläche ... Ich ballte meine Hand zur Faust, als wollte ich eine Walnuss knacken ... Blut rann und es tat gut ... Ich nahm eine weitere Scherbe ... Scherben, spitze, aggressive Scherben und meine Pulsader sind eine willkommene Mischung ...

Epilog

Wie vor etwa einem Monat lag ich am Waldesrand auf dem Rücken, damals zum ersten Mal mit David und spürte wie einsam ich geworden bin. Mehr noch: Ein bedeutender Teil von mir fehlt. Selbst die unerträglich harmonische Kulisse mit blauem Himmel, zwitschernden Vögeln und die langsam wogenden Baumkronen konnten keinerlei Trost spenden, im Gegenteil. Es begann zu dämmern.

Ich setzte mich auf und griff nach den Ringen, was mich viel Überwindung kostete. Einen davon werde ich behalten, sagte ich mir. Der andere liegt heute am Grund unseres Sees. Der Schmerz in meiner Handfläche war mir gleichgültig. Meine Pulsadern blieben verschont.

Ein schrecklicher Gedanke schoss wie ein Blitz in meinen Kopf: David und ich bekamen keine Gelegenheit mehr, ein gemeinsames Foto zu machen ... Ich schloss meine Augen, die endlich nass waren, und versuchte mir David intensiv vorzustellen, bevor meine Erinnerung an ihn mit der Zeit verblasste.

Ich schaute am späten Abend in den mit Sternen überfüllten Himmel und glaubte fest daran, dass David mich beobachtete und lächelte. Ja, da war ein Stern am Himmel, der besonders stark funkelte, als sei er eben erst entstanden.

Ich hörte aufmerksam in die Stille hinein, wollte, nein, *musste* seine Stimme wahrnehmen, ihn hören. Und ich vernahm David. Ich nahm ihn wahr. Der Stern funkelte, als wollte er mir zuzwinkern.

ENDE

Peter Nethschläger
Im Palast des schönsten Schmetterlings
172 Seiten   auch als E-book!

Kuba, 1964,
Ein schwuler Teenager schreibt in den Tagen nach dem Sieg der
Revolutionäre über das verhasste Batista-Regime Briefe, die er
nicht verschickt. Hingeschmiert, aufs Papier geworfen, gebrüllt,
in einem Wettlauf gegen die Zeit, den er nicht gewinnen kann,
sind sie Zeugnisse des Scheiterns einer jungen Liebe.
Erst im Jahr 2011 werden die Briefe bei Renovierungsarbeiten in
einem Notizbuch entdeckt, das in einem verlassenen Haus unter
den Dielen versteckt war. Peter Nathschläger arbeitete die Geschichte auf und stellte eine Verbindung zum Selbstmord eines
sechzigjährigen Mannes her, der im Sommer 2010 vor der Küste
Havannas ertrank.

Die erschütternde und mitreißende Aufarbeitung eines von der
Zeit verschütteten Dramas!

www.himmelstuermer.de

Diare Cornley.   Vanesse M.

Schneeherz

GAY Phantasy 3 470 Seiten   auch als E-book!

Nach dem Tod des 18-Jährigen Cody findet dieser sich nicht im
Jenseits wieder, sondern noch immer auf der Erde. Niemand
kann ihn sehen, hören oder spüren, bis er eines Tages Charlie
halbtot in einem Straßengraben unter dem Schnee liegend findet.
Diese Tat führt ihn zurück ins Diesseits und das übernatürliche
Band, welches sie zusammenhält, zwingt sie, beieinander zu
bleiben, was Cody durch Charlies Hasstiraden die Hölle auf
Erden verschafft, ihn aber auch das ein oder andere Geheimnis
aufdecken lässt.

www.himmelstuermer.de

C.Griethe
Schatten der Vergangenheit
235 Seiten   auch als E-book!

Ben steht mitten im Leben.
Er hat eine schicke Wohnung, eine frische Beziehung und ist gerade dabei sich eine eigene Existenz als Fotograf aufzubauen. Sein Leben ist perfekt. Zumindest glaubt er das.
So lange, bis er einen Anruf bekommt, der ihn ungewollt in seine Vergangenheit zurückwirft, die er bis dahin erfolgreich verdrängen konnte.
Dorthin, wo Ben nie wieder sein wollte. Zurück in sein altes Leben, in seine verhasste Heimat und zu seinen damaligen Jugendfreunden, wo die Probleme erst richtig losgehen.
Aber vor allem zu einem Menschen, der ihm von einer Sekunde auf die andere gefährlich werden kann. Marc. Sein damals bester Freund.

www.himmelstuermer.de

Alexander Neil
Die Hütte im Wald
213 Seiten   auch als E-book!

Markus ist sechzehn Jahre alt und lebt in einem spießigen Dorf in der Eifel. Er fühlt sich anders als die anderen Jungs, die dort leben. Als er dann auch noch von dem Trainer der Fußballmannschaft, Ralf, geküsst wird, spielen Markus' Gefühle völlig verrückt. Ihm wird klar, sich das erste Mal in seinem Leben in jemanden verliebt zu haben. Doch Ralf ist bereits dreißig, verheiratet und Vater einer kleinen Tochter.

Gerade als Markus sich einreden will, dass er Ralf besser vergessen sollte, bemerkt er, dass auch dieser Gefühle für ihn zu haben scheint und eine Liebesgeschichte voller Hindernisse, Dramatik und Erotik nimmt ihren Lauf.

Wird es Ralf gelingen, seine Beziehung mit Markus vor seiner Familie und den anderen Dorfbewohnern geheim zu halten, oder wird seine Fassade, welche er sich über lange Jahre gut aufgebaut hat, doch einstürzen? Und wie lange kann Markus damit leben, dass er für Ralf nicht mehr sein kann als nur eine Affäre?

www.himmelstuermer.de